의대생활

8

미카와 고스트
일러스트 Hiten

미래 예상도

진로 이야기

 다들 취직에 대해 생각해둔 거 있어?

나는 일단 프로야구 선수.

 어라? 전에 그건 현실적이지 않다고 말 안 했었나?

아직 마지막 여름이 남아 있으니까. 그때 각성해서 엄청나게 활약하면 가능성 있다.

 의외네. 마루 군은 그런 희망적인 관측은 안 하는 타입이라고 생각했어.

기대치가 그리 높지는 않아. 처음에는 한계까지 높은 곳에 목표를 설정해두고, 차츰 내리는 거지. 그러면 아슬아슬하게 높은 곳에 머무를 수 있잖아.

 그렇구나.

 역시 마루 군. 꾀쟁이네.

뭐라고? 그러면 나라사카, 너는 어떤데?

내 목표는 매드 사이언티스트뿐이야!

 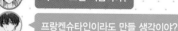 어…… 그건 직업이야?

프랑켄슈타인이라도 만들 생각이야?

거대 로봇일지도 모르지.

 허가받을 때까지 엄청 시간 걸릴 것 같은데.

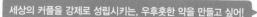 세상의 커플을 강제로 성립시키는, 우후훗한 약을 만들고 싶어!

욕망이 줄줄 흘러나오네. 지금 정부에 신고해서 마크해두는 게 좋지 않을까?

거기 남자들! 로망 없는 말 하지 마아~!

 마아야가 정말로 과학자가 되면, 터무니없는 세상이 될 것 같아…….

의매생활

Days with my Step Sister

저자
미카와 고스트

일러스트
Hiten

옮긴이
박경용

Contents

Days with my Step Sister

성장의 계단은 나선계단.
몇 바퀴든 같은 풍경을 바라보며 빙빙 돌고,
깨닫고 보면 높은 장소에 있는 법입니다.

●프롤로그 아사무라 유우타

완전히 이파리만 남은 벚나무 가로수길.

통학로로 쓰이는 가느다란 길을 빠져나가 완만하게 굽어지는 언덕을 오르면, 솟아오르는 길 너머에 스이세이 고교가 보인다.

팔에 찬 시계로 시선을 내린 나는 시각을 확인했다.

체육관에서 하는 시업식까지는 아직 꽤 여유가 있다. 그래도 승강구로 서둘렀다. 오늘부터 반이 바뀌니까. 시업식에 참석하려면, 자기가 몇 반인지를 일단 확인할 필요가 있다.

신발장 앞에 인파가 생겨 있었다.

새로운 반의 명부가 저기에 붙어 있는 것이다.

벽에 붙어 있는 커다란 종이에 반 순서대로 이름이 실려 있었다.

학교에서는— 학교에서도, 라고 해야 할까? 친한 친구가 거의 없는 나라도, 아무래도 조금은 긴장하는 순간이었다.

2학년까지는 마루랑 같은 반이었으니까 교실 안에서도 마음이 편했는데.

외로움은 신경 쓰지 않는 편이긴 하다. 그러나 학교생활은 아무래도 공동작업이 요구되는 일도 많으며, 같이 할 상대가 있으면 살아가기 쉽다는 측면이 분명히 있기는 하다.

그러면 좀 더 짬짬이 주위에 말을 걸어서 평소부터 동급생들과 친해져라, 와 같은 지당한 의견도 있겠지만 인간관계에 들이는 코스트가 번거롭다고 생각해 버리는 자신도 있단 말이지.

그래도 수험 시즌에 친구가 적은 것은 오히려 좋은 게 아닐까 생각한다. 그와 동시에, 이런 것을 생각하고 있으니까 마루가 「너는 고독 내성이 너무 높아」라고 야유를 섞어서 말하는 걸지도 모른다고 생각했다.

다소 사람이 줄어든 타이밍에 나는 게시되어 있는 명부 앞에 섰다.

내 이름을 왼쪽 끝에서부터 천천히 찾았다. 이름이 아이우에오 순서로 실려 있으니까, 이럴 때 「아사무라」라는 성은 편리해서 좋다. 일람표를 위에서부터 훑어보면 금방 찾을 수 있다. 1반…… 없군. 2반에도, 없어. 3반에도 없다.

시선을 더욱이 오른쪽으로 움직여서—.

응?

시야 끄트머리에 금색 빛이 춤을 추었다.

무심코 고개를 옆으로 돌리자, 내 오른쪽 옆에 약간 자란 밝은 색 머리칼의 여학생이 서 있었다. 조금 눈썹을 찡그리고 열심히 벽에 붙은 명부를 보고 있었다.

아야세 사키.

스이세이 고교 3학년 여학생이며—.

내 의붓 여동생.

양쪽 부모가 재혼하여, 나랑 아야세 양은 작년 6월에 의남매가 되었다.

나는 그녀의 옆모습을 잠시 바라보고 말았다.

짧게 잘랐던 아야세 양의 머리칼은, 이제 우리들이 만났을 무렵과 슬슬 비슷한 길이까지 자라 있었다. 그 무렵과 같은 머리모양, 같은 옆모습이지만, 지금 그녀에게 받는 인상은 당시하고는 상당히 변했다.

변했다고 말은 하지만 화려한 색의 머리칼이나 교칙에 위반되지 않는 정도의 자연스러운 화장, 그런 그녀의 겉을 꾸미는 부분이 변한 게 아니다. 표정이다. 눈매가 나쁘다며 사진 찍는 것을 싫어하던 아야세 양이지만, 그건 타고난 생김새 탓이 아니라 주위에 대해 언제나 긴장하고 있어서 그것이 표정에 드러나기 때문 아닐까?

그런 식으로 생각할 정도로는 인상이 바뀌어 있었다.

그렇다. 만났을 무렵의 그녀에게선 언제나 주위를 경계하고, 자신을 해치려는 것을 물어뜯으려 하는 야생의 짐승 같은 낌새 — 이렇게까지 말하면 그녀에게 혼날 것 같지만 — 가 느껴졌다. 지금이라면 아야세 양이 자신의 화장이나 복장을 「무장」이라고 표현하는 것도 이해할 수 있다.

그 경계심은, 어머니와 헤어진 친아버지에 대한 불신감에서 유래한 것이라고 생각한다.

나도 마찬가지로 아버지와 헤어진 친어머니에 대한 실망감 같은 감정을 품고 있으니까 어쩐지 모르게 그건 이해했다.

어쩌면— 이쪽이 더 큰 이유일지도 모르지만, 계속 같이 살며 서서히 서로를 이해하기 시작했기 때문일까?

"아사무라 군."

문득 그녀가 나를 돌아보더니 말을 걸었다.

"아, 아야세 양."

"응? 미안. 놀랐어?"

"아니, 그렇진 않아."

다만, 그녀하고 학교에서는 노골적으로 친근한 대화를 하지 않고 있었으니까 사실은 놀라긴 했다. 그리고 조금 넋이 나가 보고 있었기 때문에 어색하기도 하다. 아니, 그건 아무래도 좋아.

"올해는 같은 반이네. 잘 부탁해."

"응? ……어?"

나는 명부를 돌아보았다.

3반까지는 확인했었지. 그러면…… 4반의 명부로 시선을 돌렸다.

가장 처음에 아사무라 유우타라고 적혀 있다. 그리고 근처에 보인 것은 아야세 사키라는 이름.

"아, 정말이다."

"정말이다, 라니. 어, 설마 싫었어?"

그녀가 조금 불만이 스며나오는 음성으로 말하자, 나는 황급히 변명했다.

"아니아니, 그렇지는 않아. 다만, 이런 경우는 같은 반에 넣지 않을 거라고 생각했거든."

그런 규칙이 있는지는 모르지만, 학교 측은 나랑 아야세 양이 가족이라는 걸 알고 있다. 그래서 아마 다른 반에 넣지 않을까 멋대로 생각하고 있었다.

"규칙은 딱히 없는 거 아냐?"

새삼 그 말을 듣자, 그런 것 같기도 하다.

기억을 뒤져보면 중학교 때 쌍둥이나 사촌끼리 같은 반인 애도 있었다. 학력이나 학생의 성격 등 밸런스를 가미해서 배치하는 것도 수고가 들 것 같은데, 그것 이외의 인연이나 교우관계까지 고려하면 끝이 없을 것 같네.

"듣고 보니 분명 그렇네."

"마아야하고는 다른 반이 돼버렸지만."

"아, 그렇구나."

"그쪽도 그렇잖아."

"어?"

나는 다시 명부에 시선을 돌렸다. 그쪽도, 라면…… 그러니까. 아, 마루가 없네. 좌우를 확인해봤더니 아무래도 마루는 3반인가 보다.

"마아야는 3반."

"그러면, 마루랑 같은 반이네."

그 둘이 같은 반이라. 만만찮은 반이 되겠는데. 뭘 겨루는 건지는 모르겠지만.

"옆 반이니까 체육 같은 건 같이 하게 될 거야. 뭐 그래도 3학년이면 진로별 이동 수업도 많으니까, 2학년 때와는 달리 같은 반인지 아닌지는 별로 상관없을까?"

선택 수업이 이과와 문과, 국립 지망과 사립 지망에 따라서 약간 다르니까 반이 같아도 교실이 갈리는 일은 지금까지도 많았다.

"마아야는 이과 지망이거든."

"어?"

그건 뜻밖—이지도, 않은가? 그러고 보니 마루도 이과였던 것 같은데. 그 둘은 의외로 닮았을지도 모른다.

"장래의 꿈이 매드 사이언티스트라고 했거든."

"그건 애니메이션 이야기 아닐까……?"

"그래? 농담이었을까?"

"그럴지도."

둘이서 잘 모르겠다며 고개를 갸웃거렸다.

"뭐 어쨌든 1년 잘 부탁해, 아사무라 군."

"이쪽이야말로, 아야세 양."

뭐 어쨌거나, 앞으로 1년간 같은 학사의 같은 교실에서 보내게 된다.

그건 단순하게 기쁘기도 했다.

시업식이 시행되는 체육관으로 둘이 나란히 걸어가면서, 그런 이야기를 했다.

우리들의 주위에는 이미 아무도 없었다. 다들 얼른 체육관으로 가버렸다. 그렇기에 이렇게 둘이서 느긋하게 걸을 수 있는 건데.

"그래서, 어떡할까?"

"학교에서, 말이지."

나랑 아야세 양은 의붓 남매가 됐다는 것을 주변에 그다지 알리지 않았다. 괜히 주목을 받거나 이상한 화제가 되는 걸 싫어했으니까.

나는 말을 고르며 말했다.

"기본적으로는 지금까지 해왔던 것처럼 지내면 되지 않을까? 예를 들어, 지금처럼 반 배정 날에 같은 반이 된 것을 화제로 삼으면서 걷는다, 라거나."

이 정도는 학생으로서 자연스러운 거겠지.

그렇게 말하자, 아야세 양이 키득 웃었다.

"그러니까, 클래스메이트의 범위에서란 거구나."

"맞아. 억지로 대화를 하려고 하는 건 부자연스러우니까."

"알았어."

아야세 양이 수긍했다.

그래도—.

아야세 양의 성격을 생각하면, 학교에서는 집에 있을 때 정도로 마음 편하게 대화할 수 없겠지.

마루도 없으니까, 학교에서 누군가와 대화하지 않고 끝나는 날도 확실히 늘어나겠어.

●4월 19일 (월요일) 아사무라 유우타

배수로 안에서마저 벚꽃잎이 보이지 않게 되고, 눈에 비치는 풍경이 선명한 녹색으로 바뀌어간다.

매년 보는 광경이었다.

연년세세화상사(年年歲歲花相似)라. 해마다 반복되는 경치는 비슷하게 보인다는 뜻이다. 그러나 고교생에게 한 학년 올라간다는 것은 나름대로 커다란 변화이다.

교실까지 올라가야하는 계단의 층수가 하나 늘어난다. 창밖으로 늘어선 나무들의 이파리를 내려다볼 수 있다. 운동장은 보다 멀리까지 시야에 들어온다. 창 너머의 경치가 작은 변화를 전해준다. 우리들에게 조금이나마 작년보다 어른에 다가갔다는 기분을 주기에는 충분했다.

그건 교실의 풍경도 마찬가지다.

깔끔하게 뒤섞인 학생들 중에서 작년까지 익숙했던 얼굴은 6분의 1정도로 줄어들었고, 익숙하지 않은 얼굴이 보인다. 반이 바뀌면 교실 안의 분위기도 바뀌는 법이라, 익숙해질 때까지는 어느 정도 시간이 걸린다.

나는 교과서를 가방에서 꺼내 1교시 수업 준비를 시작했다.

필기를 하기 위한 노트와 샤프……

참고로 같은 반이 된 아야세 양의 자리는, 내 자리에서 오른쪽 대각선 방향으로 두 줄 앞이다. 밝은 색의 머리칼이 여자애들 사이로 간신히 보인다. 아야세 양이랑 사전에 논의한 내용을 성실하게 지킨 결과, 그녀하고는 학교에서 제대로 대화를 못하고 있었다. 자연스러운 흐름으로 여자애랑 대화를 할 기회라는 것이, 그리 자주 있는 게 아니니까.

그런데 눈앞에 무리 짓고 있는 여학생들은, 조례가 끝난 뒤 수업 시작까지 10분밖에 없는데도 아직도 신이 나서 수다를 떨고 있다. 용케도 저만큼 말할 내용이 있네. 아야세 양은 그 대화에 자연스럽게 참가하는 것처럼 보였다. 딱히 고립되지도 않고 그룹에 섞여 있다.

아야세 양은 반 배정에 따른 변화에 완전히 익숙해진 것처럼 보였다.

나하고는 딴판이다. 그러고 보니 어제 체육 수업에서 만난 마루가 「아사무라여. 나는 걱정이다. 혼밥하고 있지는 않나?」라고 말했었지.

딱히 신경 쓰지 않으니까 문제없다고 대답을 해뒀는데…….

잠깐만, 그제서야 깨닫게 됐다. 오늘은 벌써 19일. 4월도 후반에 들어섰다. 이대로 가다가는, 새롭게 친해진 같은 반 학생이 한 명도 없는 상태로 열흘만 지나면—.

"이제 곧 골든위크구나. 기껏 서로 익숙해졌는데, 얼마간 만나질 못하게 되네."

정확하게 내가 생각하고 있던 것이 여자애들 무리에서

들려오자 무심코 귀를 기울이게 됐다.

만나지 못하게 된다. 이렇게 말한 여자애는 시무룩하게 어깨를 떨구었다. 주변 여자애들이 어깨를 톡톡 두드리거나, 머리를 쓰다듬거나 한다.

"정말~, 료찡은 귀엽다니까! 하지만 나도 쓸쓸해!"

동의하는 목소리와, 그러면 다 같이 노래방이라도 갈까 제안하는 목소리.

"아야세는 골든위크에 무슨 예정 있나요?"

료찡이라고 불린 여자애 입에서 나온 이름에 내 심장이 크게 뛰었다.

여자애들 집단에 파묻혀 있던 밝은 색 머리칼을 가진 그녀의 목소리가 들린다.

"모의고사를 대비해서 공부할 것 같아."

"성실하네~."

"그래?"

"응. 대화를 해보니까 아야세는, 저기 그 미안한데, 성실하구나~ 싶어. 뭐, 우리는 수험생이긴 하지~. 그렇지만, 올해 골든위크는 한 번 밖에 없잖아아."

"어느 해든 골든위크는 한 번밖에 없지 않아?"

"하, 하지만, 아야세. 그렇게 공부만 하면, 지루하지 않을까……. 좀 더…… 여러 가지 일을 해보고 싶지 않아?"

"여러 가지 일…… 예를 들면?"

"남자 친구랑 놀러 간다, 같은. ……으흠."

자기가 말했으면서 쑥스러워 헛기침을 한다. 이해하기 어려운 애라고 생각했다.

—아차, 이래선 마치 엿듣는 것 같잖아.

"야, 남자들! 엿듣지 마아!"

대화를 하고 있던 여자애들 중에서 반장을 맡고 있는 애가 소리치자, 일제히 고개를 돌리는 남자애들이 엄청 많았다. 다들 뭐 하는 거냐. 나도 그야말로 그 중 한 명이면서도 내심 기가 막혔다.

우쭐대는 남자애가 외쳤다.

"안 들었거든요~. 그냥 들린 것뿐이야~."

초등학생이냐?

"초등학생이냐!"

여자애들 쪽이 수많은 마음의 목소리를 대변해준 탓인지, 안 듣는 척하던 녀석들까지 웃어 버렸다.

다들 쓴웃음 섞인 미소를 짓고 있었다.

아아, 어쩐지 좋은 반에 들어온 것 같다. 내 마음이 살짝 훈훈해졌다.

"하지만…… 놀러 간다고 해도 뭘 하는데?"

"오, 아야세. 남친 있는 거야?"

"……그런 얘기가 아니고. 그러니까~, 남친으로 한정하지 말고, 남자애들이랑."

"일단은 흥미가 있구나아."

반장이 씨익 미소를 지었다.

"아니, 딱히……."

"뭐, 데이트를 한다거나?"

"데이트……."

"같이 식사를 하거나, 같이 영화를 보거나— 아니면, 집에서 데이트를 하는 거지. 남자친구랑 같이 식사 준비를 하거나~."

"어어. 그러니까, 그것, 뿐이야?"

"뭐, 그렇지. 어? 잠깐. 아야세, 그 이상을 하고 싶어?"

단숨에 술렁거리는 교실.

아니, 라고 아야세 양의 입가가 움직인 참에 수업 시작의 종이 울리고 교실 앞문이 드르륵 열리더니 1교시 현대문학 담당 교사가 들어왔다. 술렁거림이 잦아든다.

그녀의 등을 바라보며 아야세 양 일행의 대화를 돌이켜 보았다.

식사에 영화에, 그리고 집에서 요리를 같이 만든다. 그랬었지?

우리는 전부 해본 일이다.

그야 뭐, 아야세 양도 「그것뿐이야?」같은 대응을 하게 되는 거지. 그렇다고, 그 이상을 하고 싶은가 하면 역시 어떤 걸까? 아차. 아침의 교실에서 1교시에 할 생각이 아니군.

나는 아야세 양의 얼굴을 훔쳐보았다.

조금 난처한 기색의 눈동자와 시선이 마주쳤다. 그 시선이 문득 끊어지고, 아야세 양이 칠판을 돌아보았다.

최근에, 아야세 양이랑 나는 교실 안에서 한순간만 눈이 마주친다, 라는 일이 많았다.

우연인지 아니면 내가 무의식적으로 그녀를 눈으로 바라보고 있는 탓인지는 모르겠지만.

그렇군. 내가 이렇게 그녀의 등을 바라보고 있으니까, 그 시선을 깨달은 그녀가 돌아보면 마주보게 되어 버린다, 일지도…….

"—무라."

그런 생각을 하고 있어서인지, 멍하니 집중력이 떨어져 버리는 일이 있다.

"아사무라? 아, 사, 무, 라!"

"앗, 네!"

이렇게 나를 부른 것을 깨닫는 게 느리다는 것이 무엇보다도 큰 증거였다.

"뒤쪽 이어서 읽도록."

황급히 교과서를 들고 일어섰다. 교사의 말대로 읽기 시작했다.

"그래. 그만."

그렇게 말할 때까지 읽고, 나는 한숨을 돌리면서 앉았

다. 짧지만, 메이지 시대의 문장은 현대를 살아가는 우리
들이 읽기에는 어렵기 짝이 없다. 내가 읽은 문호의 글 첫
한 구절을 눈으로 훑었다.

『게니의 동쪽으로 돌아가는 지금의 나는, 서쪽으로 향해
해 나아가던 옛 내가 아님이라.』

옛 내가 아님이라, 란 말이지.

"그러면, 다음은 아야세."

"네."

시원스럽게 대답하는 목소리가 귀를 때리자, 나는 시선
을 들었다. 오른쪽 대각선 앞의 아야세 양이 일어서서 교
과서를 읽었다. 듣기 좋은 차분한 목소리가 천천히 논하는
고풍스런 문장이, 교실 안을 떠돌아 귀로 흘러 들어온다.
낭독, 잘 하네.

부모님의 재혼으로 동거를 시작하고 이제 곧 1년이 지나
려고 하는데, 나는 아직도 이 의붓 여동생의 내면에서 내
가 모르는 새로운 부분을 발견하고 그때마다 감동한다.

"거기까지. 잘 읽었어요."

"감사합니다."

현대문학 교사는 사소한 일이라도, 예를 들어 어려운 숙
어 하나를 알고 있기만 해도 칭찬해주는 타입이다.

자리에 앉은 아야세 양의 등을, 옆에 앉아 있는 반장 여
자애가 톡 두드렸다.

"아야세는 목소리가 좋네."

생긋 아야세 양이 미소로 답했다.

그걸 보고 문득 생각했다. 1년 전의 아야세 양이라면 미소로 답했을까? 조용히 「고마워」라고 하면서도 표정은 그대로 딱딱했을 것 같아.

어디가 그렇다고 짚어 말할 수는 없지만, 아야세 양은 조금 변했다. 상대에게 과도하게 맞추는 것을 좋아하지 않는 성격의 근본은 그대로라고 해도, 나라사카 양밖에 친한 상대가 없다고 했던 무렵하고는 다르다.

반의 여자애들이랑 평범하게 대화를 한다. 나라사카 양이나 작년 여름 워터파크에 같이 갔던 사람들뿐 아니라, 반이 새로워지고서 처음 이야기를 하는 상대에게도. 옆 자리의 반장하고도.

흘러넘치는 리더 기질 탓인지 이름보다 「반장」이라고 불리는 일이 많은 여자애하고도, 아주 평범하게 대화하고 있었다.

신학기가 시작되고 불과 2주일도 지나지 않아서 거의 초면인 사람들과 교류를 하고 있으니 「굉장하다」라고 생각했다. 변했구나. 감개무량하게 생각하는 것과 동시에, 과연 나는 성장한 걸까? 이렇게 생각하게 된다.

정월에 아버지의 시골집에 갔을 때 일이 떠오른다. 아야세 양 모녀에게 부정적인 태도였던 할아버지에게 힘껏 아야세 양— 사키를 감싸며 반론을 해버렸었지.

『상냥하고, 성실하고— 노력가입니다, 사키는.』

그렇다. 아야세 양은 언제나 노력한다.

나도 뭔가 거북한 일을 극복하고 싶다.

방금 전 여자애들 집단 안에서 평범하게 대화를 하고 있던 아야세 양을 떠올렸다.

나도 조금 더 평소부터 긍정적으로 남들과 교제를 해봐야 할까? 마루도 그렇게 말한 적이 있다. 너는 타인에게 너무 관심을 보이지 않는다고. 턱을 괴고서 그런 생각을 하며 멍하니 칠판을 바라보고 있는데, 또 내 이름이 불렸다. 아무것도 듣고 있지를 않았으니까, 이번에는 뭘 대답해야 하는지도 몰랐다. 이럴 때는 얼버무려도 소용없다. 순순히 말하자.

"잘 모르겠습니다."

"아니, 아직 아무것도 안 물어봤는데?"

"—아."

반에서 일제히 웃음이 일어났다.

아무리 그래도 너무 멍하니 있었다.

어떻게 교사의 질문에 대답해서 넘어가긴 했는데, 괜히 눈에 띄게 되어 쉬는 시간이 되자마자 요시다가 찾아와서는—.

"아사무라. 성실하게 보이는데 수업시간에 졸기도 하는구나~."

이렇게, 말을 걸어왔다.

"안 졸았어."

"밤에 늦게 잤어? 야한 영상이라도 봤냐?"

"그것도 아니야. 조금 멍하니 있었을 뿐이야."

"흐음. 하지만, 그것도 드문 일이지 않냐?"

"그렇, 던가?"

"응~. 아, 아니. 내가 멋대로 생각한 걸지도 모르지. 솔직히, 수학여행 전까진 그렇게 얘기도 안 했었잖아~."

요시다의 말에 나도 동의했다. 요시다는 2학년 때 같은 반이었지만, 나는 마루 말고는 별로 대화를 안 했으니까. 반이 바뀌고 나서 처음으로 같은 반이 된 학생들과 그렇게 거리감이 다르지 않았다.

요시다와는 수학여행 때 마루와 같은 방이었으니까 접점이 있었다.

털털한 성격이고, 같은 반이 된 이후로 잘 부탁한다며 먼저 말을 걸어주었다. 그 뒤로 종종 이렇게 말을 걸어온다.

마루하고 달리 그렇게까지 대화가 잘 맞을 정도로 상성이 좋은 건 아니라 말을 걸 때만 반응했었다. 지금까지는 내가 먼저 말을 거는 일이 없이 2주일이 지나 버리고 말았다.

이쪽에서 말을 걸 때는— 무슨 이야기를 하면 되지?

"저기, 요시다."

"응?"

난처하네. 마루가 상대라면 어떤 거라도 화제가 나오는데, 이렇게 새삼 잡담하려니 이야깃거리가 떠오르질 않는다.

"그러는 너는 어때?"

건넨 말은 이야깃거리조차 아니었다.

「어때?」라고 물어보면 「뭐가?」란 느낌일 텐데.

나도 참 질문하는 게 서투르다. 그러나 요시다는 좋은 녀석이라 이런 뜬금없는 질문도 받아주었다.

"나? 나는 뭐 밤에는 음악을 듣거나 동영상 보거나 그러는데."

아무래도 내가 한 의미가 없는 애매한 말을, 『밤늦게까지 깨어 있을 때 뭘 하는가?』라는 의미로 받아들인 모양이다.

그리고 요시다는 최근 마음에 들었다는 곡의 타이틀을 몇 갠가 주르륵 말했는데, 전혀 모르겠다.

스마트폰으로 인터넷 검색을 해봤다.

"어어……. 아아, 애니메이션 오프닝이구나."

"그랬어?"

"여기 적혀 있는데."

검색결과를 보여주자, 「몰랐다」고 했다. 그렇다면, 애니메이션이나 만화를 좋아하는 흐름으로 알게 된 곡이라기보다 유행해서 듣게 됐다는 거다.

요시다는 애니메이션도 안 보고 만화도 별로 안 읽는다고 했으니까.

나는 책이나 만화를 읽는 일이 많지만, 마루의 영향을 받기도 해서 심야 애니메이션은 그럭저럭 보기도 한다. 다만 그런 것 치고는 유행에는 둔해서 이 곡은 몰랐다. 검색을 해봤더니 애니메이션 공식 계정에서 선전용으로 곡을 업로드했다. 나중에 들어볼 생각으로 체크만 해뒀다.

"아사무라는 좋은 녀석이구나."

예상 밖의 말에 나는 스마트폰 화면에서 시선을 들었다.

"어? 어째서?"

"몰랐으면 그냥 넘어갔을 건데, 일일이 조사해서 말을 맞춰주잖아. 별난 녀석이야."

그런, 건가? 나 자신은 잘 모르겠다.

독서도 그렇지만, 내 지식은 내가 좋아하는 장르에 치우쳐 있는 것을 자각하고 있었다.

기울어짐은 편견을 낳는다.

시야가 좁아진다거나. 오만해진다거나. 나르시시즘에 빠진다거나.

책을 읽은 덕에 그런 닫힌 자신이 되는 것의 무서움도 알았다. 그렇기에 책을 읽을 때도, 이야기뿐 아니라 철학서, 비즈니스서, 자전서적, 대중과학의 책, 역사책, 이것저것 읽게 되었다. 기울어짐은 다시 말해서 개성이기도 하니까 존재 자체는 어쩔 수 없다. 그러나 그것에 붙들려 있는 것만큼은 피하려고 했다.

음악을 들을 때도 모른다는 것을 듣지 않을 이유로 대고 싶지 않다. 그리고 기왕 들을 거라면 즐기고 싶은 법이니까.

나는 내 나름의 이유를 요시다에게 말해보았다.

"그래? 흠, 잘 모르겠네."

"남이 좋아하는 것의 이야기를 듣는 것도 좋아한다는 거야. 그밖에 뭔가 최근에 좋아하는 건 있어?"

"그렇구나. 그렇다면, 내 추천은—."

내 말을 듣고 요시다가 꺼낸 화제는 YouTube나 유행하는 곡, 드라마 등이 많았다. 나한테는 신선한 장르고 모르는 게 더 많았다. 같은 영상이라도, 마루가 추천해주는 건 VTuber의 게임 방송 같은 거니까.

잘 모르는 단어가 나올 때마다 휴대전화로 조사하면서 어쩐지 모르게 말을 맞췄다. 이걸로 대화가 성립하는 거냐고 하면 좀 미묘하긴 한데.

⋯⋯잡담은 이런 거였던가?

그래도 쉬는 시간 10분을 어떻게든 넘겼다.

다들 이런 일을 가볍게 해내는 걸 보면 참 대단하다. 수업 시작을 알리는 종이 스피커에서 흘러나오고, 요시다는 자기 자리로 돌아갔다.

교과서를 펼치고 힐끔 시선을 들었을 때, 밝은 색의 머리칼이 사르르 시야를 스치며 한순간만 아야세 양과 시선이 마주쳤다. 그녀는 금방 등을 돌려 칠판 쪽을 보았지만,

분명히 나를 보고 있었던 것 같아.

아니면, 이것도 내가 그녀를 의식해서 언제나 시선으로 찾아 버리기 때문인 걸까……?

방과 후. 한 번 귀가하고서 평소처럼 알바하는 서점으로 갔다.

"아사무라, 잠깐만."

백야드에 들어가자 점장이 나를 불렀다.

"사실, 오늘부터 이번 주 내내 요미우리가 취직활동을 하느라, 근무 시간이 짧아진다고 연락이 왔거든."

오늘 알바하는 사람 수는 나를 포함해서 네 명이라고 한다. 나랑 아야세 양과 대학생 두 명이고, 그 두 명은 올봄부터 일을 시작한 참이다. 다시 말해서, 우연찮게도 알바하는 사람 중에 내가 제일 고참이 된다.

"아사무라는 경험해봤으니 알 거라 생각하지만, 이번 주는 반품 처리가 꽤 많아서 힘들거든."

"아아, 네. 그렇죠."

다음 주부터 장기 연휴가 시작되니까 물류가 움직이지 않는다. 다시 말해서, 월요일에 발매되어야 할 잡지가 월요일에 도착하지 않게 된다. 그러면 손님 입장에선 곤란하다. 정기 간행 잡지라면 정기적으로 읽고 싶은 법이니까, 매월 25일에 나오는 책은 25일이면 서점에 있을 거라는 기대를 받고 있다.

손님이 곤란하다는 것은 책방으로서도 곤란하다. 그래서 어떻게 될까? 발매일이 휴일과 겹치면, 책이라는 상품은 대개 앞당겨서 발매된다. 늦는 것보다는 빠른 게 좋다는 판단일 것이다.

그리하여 1주일 가까운 휴일이 이어지는 골든위크는 휴일이 시작되기 전에 1주일 분량의 책이 우르르 서점에 들어온다. 우리 서점은 그럭저럭 큰 점포니까, 들어오는 책의 양도 꽤 많다. 그리고 연휴가 시작되면 반품도 못한다. 백야드에 재고를 쌓아두고 싶지 않다면, 골든위크가 시작되기 전에 판매가 둔화된 잡지나 책을 얼른 반품해야 한다는 거다. 그렇게 선반을 비워두지 않으면 책이 쌓인다.

요미우리 선배가 있었다면 알바생들을 반품 처리에 척척 동원하지만, 없다면 내가 앞장서서 해야 하겠네.

점장과 나눈 대화를 머리 한 구석에 담아두고서 나는 매장으로 나섰다.

계산대 앞을 지날 때 같은 시간 근무인 아야세 양과 눈이 마주쳤다.

가볍게 눈인사를 나누기만 하고 나는 선반 정리를 하러 갔다. 일의 양이나 그날 해야 할 일의 내용에 따라 다르지만, 기본적으로 내가 매장에 있을 때 아야세 양은 계산대에, 아야세 양이 매장에 있을 때 나는 계산대에 들어간다. 되도록 일할 때는 서로 그다지 대화하지 않도록 하고 있었다.

이건 아야세 양과 함께 정한 것이다. 밖에서는 너무 달라붙지 않도록 하자, 라는 판단을 했다. 물론 자연스러운 범위에서.

잠깐 쉬는 시간에는 어쩌다 같은 시간에 사무소에 들어가기도 하지만, 대학생 알바 남성이 같이 있으니까 나랑 아야세 양만 대화를 나눌 수도 없어서 결과적으로 어쩐지 모르게 차만 마시게 됐다.

대학생 알바 두 명은 남성 한 명 여성 한 명인데, 쉬는 시간을 먼저 마친 남성이 나가는 타이밍에 여성이 쉬러 들어온다. 서로 교대할 때 두 사람은 「돌아갑니다」, 「네」라는 대화만 나눈다. 들어온 여성은 나랑 아야세 양 양쪽에 가볍게 고개를 숙이며 눈으로 인사만 하고, 차를 종이컵에 한 잔 타더니, 의자에 털썩 앉아 주머니에서 꺼낸 문고본을 읽기 시작했다. 말 걸지 말아달라는 아우라가 굉장하다. 그걸 보고 나는—

"지금, 나 같다고 생각했지?"

옆에 앉아 있던 아야세 양이 나한테만 들리는 소리로 중얼거렸다.

그 말을 듣고 차를 뿜어낼 뻔했다.

대답할 틈도 주지 않고 아야세 양은 종이컵을 들더니, 재빨리 휴식을 마치고 사무소를 나섰다. 알바하는 여대생이 문고본에서 한순간만 눈을 들어 남은 내 쪽으로 의문스런 시선을 보낸다.

아니, 저는 아무것도 안 했어요.

그렇게 알바 시간이 지나고, 나는 요미우리 선배라는 윤활유의 존재가 얼마나 컸는지 새삼 깨달았다. 오늘은 특히. 그 사람이 있었다면 극히 자연스럽게 우리도 신인 두 명도 끌어들여서 대화를 전개해줬을 거야. 자연스런 느낌으로 아야세 양하고도 대화를 할 수 있었을 거고.

나랑 아야세 양 둘밖에 없으면 객관적인 거리감을 조정하기가 어렵다. 그래서 무섭다. 우리들이 그렇게 달라붙어 있을 셈이 아니라도 직장의 다른 사람들이 그렇다고 본다면, 일하는 중에 뭘 하는 거냐고 빈축을 살지도 몰라.

따라서 자중해 버린다.

하지만, 그래서 결과적으로 다른 알바생들하고도 거리가 벌어져 버린다. 고민스럽군.

근무가 끝나는 시각은 같으니까 아야세 양과 함께 사무소에 돌아왔더니, 없어야 할 요미우리 선배가 취업 활동 차림으로 서 있었다.

남색 상하의에 하얀 셔츠. 검은 롱헤어를 뒤로 한데 묶었다. 평소처럼 어깨까지 내려놓은 헤어스타일이 아닌 것만으로 인상이 바뀐다. 일은 잘 할 것처럼 보이네요, 라고 말하면 화내겠지.

사무소의 문을 연 우리를 보자마자, 요미우리 선배가 익살스런 어조로 말했다.

"야호～. 거기 두 사람, 선배 생각나서 쓸쓸하진 않았니?"

　체셔 고양이처럼 미소를 지으며 말하면, 오기로라도 인정하고 싶지 않아지는 법이라고 생각했지만.

"쓸쓸하진 않았지만, 제 전력 부족을 통감했습니다."

"하하～."

"그보다도 오늘은 쉬는 거 아니었어요?"

"어라라? 나, 혹시 훼방꾼이었나? 훼방꾼이야아～?"

"아뇨. 그렇지는……."

"너무해애. 다들 힘내라고 응원하러 왔는데."

"힘내라면서 놀리러 왔다면 납득할 수 있는데요."

"말이 심하다아. 울먹울먹. 훌쩍훌쩍. 흑흑흑."

　우는 시늉의 베리에이션이 쓸데없이 풍부하군.

"그러니까―."

　연상의 여성을 울려 버린 고교생 남자애의 태도로서 옳은 건 아무리 생각해도 화제를 바꾸는 거겠지.

"―그래서, 왜 여기 있어요?"

"골든위크 전이라는 걸 깨달았거든. 근무 시간을 늦추더라도 일을 좀 하는 편이 좋지 않을까 해서."

　면접이 끝났으니까, 근무를 심야 시간대로 변경해서 이대로 가게에서 일할 예정이라고 한다. 다시 말해서 바빠지

니까 근무 시간을 변경해서라도 출근을 해준 거구나.

거의 동시에 그걸 깨달았는지 아야세 양이 순순히 고개를 숙였다.

"감사합니다."

"아니아니. 그럴 정도는— 되나? 좋아. 칭찬해줘도 좋다."

그걸 자기가 말하니까 칭찬하기 어렵잖아. 아니면 이건 요미우리 선배 풍으로 쑥스러움을 감추는 건가?

나도 순순히 고맙다고 말했다. 자신이 전력으로서 부족하다고 말한 건 진심이니까.

예정했던 시간보다 일찍 도착해 버렸다고 해서, 우리가 옷을 갈아입고 다시 한 번 사무소에 들렀을 때도 요미우리 선배는 캔 커피를 한 손에 들고 의자에 앉아 쉬고 있었다.

먼저 갈게요. 라고 말하려다가, 문득 나는 지금 떠오른 것을 물어봤다.

"선배, 구직 힘들어요?"

"응? 흥미 있니? 하지만 둘 다, 진학 지망이란 말이지."

아야세 양이 고개를 세로로 끄덕였다. 나도 고개를 끄덕이며 말했다.

"대학에는 갈 셈이에요. 하지만, 그 다음은 취직을 생각하고 있으니까요."

"성급하기도 해라. 내가 너희들 나이일 때는 수험밖에 생각 못했는데."

그렇게 말하면서도 요미우리 선배는 간단하게 구직에 대한 이야기를 해주었다.

학술서적 계통의 출판사나 전자서점(전자서적을 만드는 회사라고 한다), IT 계통의 기업이나 메이커의 사무직 등, 희망하는 직종은 있으면서도 너무 범위를 좁히지 않고 여러 군데 면접을 봤다고 한다.

면접을 보러 간 회사의 수가 많은 것에도 놀랐지만, 그보다도 면접을 본 업종의 폭이 넓은 것이 솔직히 뜻밖이었다.

"요미우리 선배라면, 여기, 라고 딱 정한 곳에 곧장 가는 이미지였어요. 그렇게 여기저기 면접을 보는 건가요?"

"그런 식으로 보이는구나아."

아야세 양도 내 옆에서 수긍했다.

"네, 보여요."

"그래애? 그렇게 신념 있는 사람으로 보여?"

"신념, 하고는 조금 다른 것 같은데요."

아야세 양의 말에 요미우리 선배가 흥미롭다는 표정을 지었다.

"흐흐흠. 그러면, 사키 양은 나를 어떻게 보는 걸까? 들어줄 테니까 말을 해보렴."

"그게……."

아야세 양은 으~음 하는 소리를 내고서 그대로 입을 다물어 버렸다.

나는 아야세 양이 생각에 잠긴 이유를 이해할 수 있었다. 분명히 요미우리 선배란 인물의 성질은 말로 표현하기가 어렵다. 아야세 양이 입을 다물어 버려서, 나는 어쩔 수 없이 말을 이었다.

"요미우리 선배는 부르면 어디든지 따라가 주지만, 자기가 가고 싶은 곳을 정할 때는 정말로 가고 싶은 곳이 아니면 안 가는 성격으로 보여요."

내가 하는 말을 듣고, 아야세 양이 바로 그거란 듯이 옆에서 고개를 세로로 흔들었다.

"저도, 그런 느낌으로 보여요."

"남을 잘 챙겨주지만, 자신을 굽히지 않는다— 같은 느낌."

"호오. 그건 정말로 남을 잘 챙겨준다고 할 수 있는 걸까~? 그냥 눈치를 보는 게 특기지만 아집이 강하다고 하는 거 아냐?"

하고 있어요.

하고 있지만, 그렇게 직접적으로 말하지 않도록 배려해서 말했습니다.

"터무니없는 녀석이네~, 그런 터무니없는 성격인 사람, 세상에 있는 거야~?"

나랑 아야세 양이 게슴츠레한 눈매로 눈앞의 터무니없는 성격인 사람을 보았다. 요미우리 선배는 누가 창으로 찌르기라도 한 것처럼 심장 부근을 누르면서 거창하게 외쳤다.

"시선이…… 박힌다! 이건 심리공격! 어느새 이런 연계 공격을 할 수 있는 애들이 됐니? 너희들 너무 가차 없어."

"귀신 교관에게 단련됐거든요."

"우우. 알았어. 너희들이 하고 싶은 말은 알았어. 하지만, 내가 그렇게까지 취직할 곳에 고집이 없는 건 정말이야."

요미우리 선배는 그렇게 말하더니, 대학마저도 장래를 생각해서 고른 게 아니라 그냥 시골에서 나와 도쿄에서 살기 위해 편의적인 장소에 있었으니까 정했다고 말했다.

"그래서, 막상 취직을 하게 된 지금, 선택지를 좁히지 못했단 말이지."

나랑 아야세 양은 이야기를 듣고 기가 막히면서도 감탄해 버렸다. 설마, 그런 이유로 국립 여자대학에 자연스럽게 입학하는 사람이 있다니.

"그러니까, 우리 후배도 사키 양도 지금부터 생각을 해 두는 게 좋아~."

"네에."

"알겠어요."

어쩐지 모르게 대학은 편차치가 높은 곳을 노리는 게 장래의 선택지가 넓어지지 않을까라고 막연하게 생각은 했었지만…… 막연하게 생각한 결과의 인물상을 막상 보게 되자, 조금 더 구체적으로 생각해 둬야 하지 않을까라는 생각이 들었다.

"아~, 진짜 위가 쓰려. 내정, 어디가 될까."

요미우리 선배가 심장을 누르고 있던 손을 위쪽으로 이동시키면서 그렇게 말하니까, 사무소에 들어온 점장이 「그렇게 고민이면 우리 사원이 되자.」라고 했다. 농담처럼 말하지만, 어조가 꽤 진지하다.

"에이, 농담도."

"월급 잘 쳐준다니까."

"감사합니다. 생각해 볼게요~."

들어왔다 싶더니 금방 사무소를 나선 점장에게 훌훌 손을 흔들면서 요미우리 선배가 말했다. 나간 다음에 우리들만 들리는 소리로 말했다.

"솔직히 이대로 여기에 취직은, 그다지 생각을 안 해봤단 말이지. 업무 내용은 좋아하고, 싫은 건 아니지만. 지금 하고 있는 일의 연장선상이라면 질릴 것 같아. 새로운 자극이 필요해."

우리들은 「비밀로 해둘게요」하며 쓴웃음을 짓고 늦게나마 사무소를 나섰다.

취직, 이라…….

자전거를 밀면서 아야세 양과 함께 집으로 가는 길을 걸었다.

계절은 완전히 봄에서 초여름으로 바뀌고 있었다. 이제 겨울 때처럼 걸어도 추위를 느끼는 일은 적었다.

가로수의 가지에 녹색 잎이 우거지고, 길을 걷는 사람들의 옷 색도 무거워 보이는 색채에서 밝고 가벼운 색으로 바뀌어 있었다. 쇼윈도의 마네킹들은 가게에 따라 여름옷으로 보이는 반팔을 입고 있었다.

옆을 걷는 아야세 양이 유리 너머로 보이는 옷을 눈썰미 좋게 체크하고 있었다.

나도 그걸 따라 시선을 보내면서 감상을 말했다.

"어쩐지, 연보라색이 많은 것 같아."

"디지털 라벤더네."

푸근한 옅은 보라색의 옷을 가리키면서 아야세 양이 말했다.

"그런 이름의 색이야?"

"응. 저거, 다음에 유행할 색 중 하나라고들 하거든."

내가 관심을 표해서 그런지 아야세 양이 이것저것 유행하는 옷에 대해 말을 해줬지만, 전문용어를 늘어놓으면 다 기억을 못한다. 트렌드라는 색 배합을 몇 갠가 가르쳐 주었다. 그러나 내일에는 잊을 것 같군.

그런데 『유행』이라는 건 유행하고 있다는 눈앞의 현상을 일컬어 쓰는 말이지, 아직 눈앞에 나타나지 않은 것에는 쓸 수 없다. 『다음에 유행한다』는 말은 명백하게 이상한 의미가 아닐까? 패션의 세계에서는 당연한 것처럼 쓰이는 모양인데. 마치 미래예지라도 하는 것 같다.

"하지만 소설에도 유행이라는 건 있지 않아?"

"아~, 그건, 있긴 하네."

감동 연애 소설 붐이나, 이세계 전생이 유행하는 것처럼.

"그에 비해서 「이제부터 이게 유행할 겁니다」라고 말하는 사람 없어?"

"있, 으려나."

아아, 그렇구나. 유행이 발견되는 시기랑, 유행이 피크인 시기가 다른 거군.

"밀어붙여도 유행 안 할 때는 안 하니까."

"그런 거구나."

패션 업계 전문가의 추천이라고 하면 납득할 수 있겠어.

미래 예지가 아니라 예측의 범주.

밑져야 본전이라고 생각하면 강박관념에 사로잡혀 유행을 따라갈 필요도 없는 거니까. 그렇게 생각하면 마음 편하게 아야세 양의 추천도 귀에 들어— 오려나.

우리는 큰 길을 벗어나 맨션으로 가는 골목으로 들어섰다. 번화가의 일루미네이션이 등 뒤로 사라지자, 눈앞은 가로등만 띄엄띄엄 서 있는 길이 된다. 소란이 사라지고, 서로의 목소리는 듣기 쉬워졌다. 그런데 신기하게도, 그렇게 되면 나도 아야세 양도 묵묵히 발을 움직이기만 하게 된다.

서로의 체온이 느껴질 정도의, 어깨가 닿을 정도의 거

리. 소리도 없이, 그래서 서로의 숨소리만 정적 속에 울리고 있었다.

"취직이라."

맨션의 입구가 보였을 때 아야세 양이 조용히 흘린 말은 내가 알바하는 서점을 나섰을 때 마음속으로 한 말이었다. 막연한 장래에 대한 불안을 담았다.

취직 활동의 전문가가 있다면 점이라도 쳐줬으면 좋겠다고 생각해 버렸다.

집의 문을 열고 둘이 입을 모아「다녀왔습니다」라고 말했다.

아직 다른 가족은 돌아오지 않았다. 이제 막 출근한 아키코 씨가 없는 건 당연하지만, 아버지도 새로운 연도에는 이래저래 어수선한지 또 바빠져 버려서, 돌아오는 게 심야 0시를 넘는 일이 많았다.

아야세 양이랑 둘이서 저녁을 먹고, 둘이서 설거지를 마쳤다.

서로의 방에 틀어박혀 내일 예습 등을 하면서 순서대로 목욕을 했다. 아까우니까 물 다시 안 받아도 된다고 아야세 양이 말했고, 요즘 들어서는 어느 쪽이 먼저 할지 그때마다 가위바위보로 정한다. 가벼운 레크리에이션 같아졌군.

목욕을 마친 뒤에는 계속 공부를 하거나, 끝났으면 책을 읽는다.

자기 전의 온화한 시간.

그런 반복 속에서, 가끔—.

"들어가도 돼?"

이렇게 노크 소리와 함께 아야세 양이 말을 거는 경우가 있다.

괜찮다고 대답하자, 문이 열리고 방에 들어온다.

온풍기의 바람을 타고 방금 감은 머리칼에서 좋은 향기가 흘러 들어온다. 의자를 회전시켜 마주보았다. 책상 옆으로 다가온 아야세 양은 양손에 머그컵을 들고 있었다. 하나를 책상 위에 달칵 놓았다.

"밀크티?"

"그래. 자기 전이니까, 커피보단 좋을까 해서."

"고마워."

감사를 표하자, 아야세 양은 천만에요라고 말하며 웃었다.

"있지, 오늘 말야. 아사무라 군, 요시다랑 뭔가 얘기했었지?"

아야세 양이 말했다.

현대 문학 수업 뒤의 일이군.

"아아. 밤에 늦게 잤냐고 하기에."

"선생님이 이름을 여러 번 불렀으니까."

"잠깐. 멍하니 있었던 것뿐이야. 그래서 자기 전에 뭐했냐는 이야기가 나와서. 이런 식으로—."

나는 읽고 있던 책의 책등을 아야세 양에게 보여주며 말했다.

"나는 독서라고 했지. 요시다는 음악을 듣거나 한다더라고. 유행하는 곡을 몇 갠가 가르쳐줬어."

곡명을 죽 말하자, 역시 아야세 양은 전부 아는 모양이었다.

아야세 양이 그 중에서 마음에 드는 걸 가르쳐줘서, 나는 그걸 들어보겠다고 했다. 그리고 이번에는 내가 그녀에게 물었다.

옆자리의 반장인 여자애랑 친근하게 얘기를 했었지.

자기 전에 이런 별 것 아닌 근황 보고를 서로에게 이야기하는 것이, 우리들의 요즘 습관이 되어있었다.

교실이나 서점에서 연인다운 대화를 못하는 만큼을 되찾으려는 것처럼.

같은 반이 됐는데, 가까이서 존재를 느끼고 있는데—.

"솔직히…… 조금, 쓸쓸함을 느끼고 있어."

아야세 양이 조용히 말했다.

어깨를 떨구며 고개를 숙였다.

"교실에서도, 더 잔뜩 얘기하고 싶어. 더 가까이 있고 싶어."

"미안. 말을 잘 못 걸어서."

사과하는 나에게 아야세 양은 고개를 옆으로 저었다. 조금 촉촉한 머리칼이 머리의 움직임에 뒤늦게 좌우로 흔들렸다.

"하지만, 그러는 편이 좋겠다고 말한 건 나니까."

노골적으로 연인 사이의 태도를 보여 주변이 소란을 떠는 게 싫다.

"그렇지만, 그래도."

마음을 너무 억누르고 싶지도 않아. 수학여행 때 서로 확인한 일이다.

그러니까 자연스럽게 행동하자. 그렇게— 정했는데.

그런데 어째서일까? 자연스럽게 행동하려고 하면 할수록, 어떤 태도가 자연스러운 건지 우리는 서로 알 수가 없게 되어 버렸다.

아야세 양의 손 안에서 머그컵이 떨렸다.

참지 못하고 의자에서 일어나 가녀린 몸을 끌어안았다.

아야세 양은 머리를 내 가슴에 비비며 밀어붙였다. 이어서 억눌린 목소리가 들렸다.

"아사무라 군, 키스해줘."

"응."

가까이 다가가 눈을 감았다.

두 사람 사이에 있던 머그컵의 떨림이 어느새 멈추었다.

다가간 몸이 떨어지고, 잘 자라고 말한 뒤, 아야세 양은 자기 방으로 돌아갔다.

살며시 숨을 내쉬고 나는 의자에 고쳐 앉았다.

문이 닫히고, 온풍기 소리만 귀에 남았다.

높아진 고동이 천천히 잦아든다. 아야세 양의 잔향이 코를 스치고 사라졌다.

─우리들, 이대로 괜찮은 걸까?

우리의 가장 적절한 거리감은 어디에 있는 걸까?

책상에 다시 앉아 펼친 책의 문자를 눈으로 따라가면서도 머리에 들어오는 게 없었다.

●4월 19일 (월요일) 아야세 사키

이제 곧 골든위크구나.

그 말을 듣고서야, 그렇게 시간이 흘러 버렸구나 싶어서 아연해졌다.

바로 요전에 반이 바뀐 것 같은데 4월이 열흘 정도밖에 안 남았다는 말을 듣고, 초조함과 비슷한 충동이 솟아올랐다.

거짓말 아니고?

흐르는 세월이 너무 빨라서 놀라 버렸다. 동시에 나는 3학년이 된 뒤부터 내 주위의 환경이 변화한 것에도 놀라고 있었다. 믿을 수 없는 일이지만, 나는 수업과 수업 사이의 짧은 휴식 시간을 여자애들 무리 안에서 보내고 있었다.

1년 전의 나라면 믿을 수 없는 일이다.

애당초, 반 배정의 명부를 봤을 때 조금 풀이 죽었다. 마아야나, 예전 반에서 어쩐지 모르게 대화를 할 수 있게 됐던 여자애랑 떨어져 버렸다 싶어서.

싱가포르 수학여행에서 만난 멜리사라는 여성의 말로, 나는 내가 생각한 것 이상으로 자신이 남들의 이목을 신경 쓰는 성격이라는 것을 깨닫게 되었다. 그리고 그건 잘 생각해 보면 당연한 일이었다. 주변 사람들이 어떻게 볼까 신경 쓰기 때문에 내 패션은 「무장」인 거니까.

거기까지 생각하고, 나는 자신이 마아야 말고 다른 친구를 딱히 만들지 않았던 이유를 이해해 버렸다. 무서웠던 거야.

자신의 가치관이 부정되는 것이.

『제멋대로 행동할 수 있는 장소를 가지지 못하면 파열하고 말 거야.』

멜리사가 그렇게 말했다.

인생의 세이프티 하우스. 제멋대로 굴 수 있는 장소가 필요하다고.

요컨대 어리광을 부릴 수 있는 장소란 것이다.

친아버지가 사라지고, 엄마에 대한 부담을 줄이려고 어리광부리는 것이 서툴러진 나에게, 내가 살아가는 방식을 부정하지 않아주는 아사무라 군이 그런 장소가 되었다.

그래서 — 피난 장소가 생겼으니까, 사실은 이제 부정 당하는 것도 무섭지 않다. 서로 충돌하는 것도 가능하다 — 그럴 거야. 부딪혀 보자. 마아야가 아닌 사람 말고도 대화를 할 수 있는 반 친구들이 생겼으니까…….

이런 결심도 전부 진급으로 리셋되어 버렸다.

그리고 내 마음은 1년 전으로 돌아갈 것 같았다. 애당초 나는 잡담만으로 시간을 보내는 건 바라지 않는다. 올해는 수험도 있다. 아예 공부와 알바에 집중하는 것도 좋지 않을까?

같은 반에 아사무라 군이 있지만, 자연스러운 것 이상으로 대화를 해서 같은 반 아이들에게 호기심의 눈길을 받는 것은…… 그건 안 돼. 아직 무리야.

그래. 지금은 평온하고 무사하게 살아갈 수 있으면…… 되지.

부정적인 사고가 가속했다.

그런데 뚜껑을 열자, 시업식 이후로 나는 평온과 거리가 먼 매일을 보내고 있었다.

남과 뒤섞일 각오를 했던 시기였다면 이 상태를 환영할 수 있었겠지만, 한 번 주춤해서 겁먹고 뒤로 돌아섰으니까 여자애들 무리 안에 들어가게 된 나는 계속 눈이 핑핑 돌고 있었다.

뭐가 어쩌다 이렇게 됐지?

뭐, 원인은 확실하긴 해.

"에이. 진정해. 긴 연휴로 친구랑 만날 수 없다고 한탄하는 모두의 마음은 이해하지만, 다 생각하기 나름이라니까!"

"어허. 반장 나리. 어인 생각이 있으시온지?"

"학교 밖에서 만나면 안 된다, 라는 법률이 있는 게 아니잖아. 어때? 다 같이 노래방 같은 데라도 갈까?"

좋은데~. 곧장 다른 애들이 찬동의 목소리를 냈다.

노래방을 제안한 여자애…… 그러니까, 이름이 뭐였지? 내 옆 자리에 앉아 있는 이 언더림 안경을 낀 여자애는, 반장이라는 애칭이 더 알려져 있어서 다들 그렇게 부르다 보니까 이름을 좀처럼 기억할 수가 없다.

일단 반장은 나랑 정반대로 사교가 능숙하다. 어쩌면 마아야랑 맞먹을지도 모른다 싶을 정도로. 그래서 10분의 짧은 휴식시간이라도 순식간에 사람들 사이에 둘러싸인다.

필연적으로 옆 자리인 나도 움직일 수 없게 되는 거다. 결코 내 사교 스킬이 올라간 게 아니다.

"아야세는 골든위크에 뭔가 예정 있나요?"

지명해서 물어보기에 나는 목소리의 주인을 돌아보았다.

처진 눈썹의 얌전한 이 여자애는 사토 료코다. 다들 「료찡」이나 「오료」라고 부른다(나는 부른 적 없다. 창피해서). 수학여행 때 마아야랑 함께 같은 방이었다.

그래서 2학년 때는, 나하고 그렇게 깊은 대화를 하는 사이가 아니었다.

……그런데, 요즘엔 어쩐지 나를 따르는 것 같아.

그러니까, 뭘 물어봤었지?

골든위크의 예정이었지.

"모의고사를 대비해서 공부할 것 같아."

그렇게 대답하자 다들 깜짝 놀라버렸다.

놀랄 일인가? 우리는 수험생이잖아. 이렇게 생각하고 있는데, 이야기가 이상한 방향으로 흘러갔다.

남자친구랑 놀러 가지 않느냐고? 그게 뭐야?

지난 2주일간, 여자애들 집단 안에서 벗어날 수 없게 되면서 깨달은 게 있다.

　어떤 계기로 시작된 대화든, 고교생 여자애들 대화란 것은 무시무시하게도 어디선가 어느새 연애담으로 이어져 버리는 것이다. 지금도 그렇다. 어째서, 골든위크에 연인과 놀러 가는 이야기가 된 거지? 놀러, 간다라…….

　"하지만…… 놀러 간다고 해도 뭘 하는데?"

　내 물음에 반장이 대답했다.

　"뭐, 데이트를 한다거나?"

　"데이트…….."

　데이트라. 그러고 보니 아사무라 군이랑 데이트 한 적이 있었나? 애당초, 데이트는 뭘 하면 데이트가 되는 걸까?

　"같이 식사를 하거나."

　언제나 하고 있다.

　"같이 영화를 보거나."

　크리스마스 때 갔었어.

　"같이 식사 준비를 하거나~."

　최근에, 저녁은 늘 도와주고 있는데.

　"어어. 그러니까, 그것, 뿐이야?"

　"뭐, 그렇지. 어? 잠깐. 아야세, 그 이상을 하고 싶어?"

　반장의 말을 듣고 나는 내가 무슨 말을 해버렸는지 깨달았다. 나, 설마 지금 데이트의 달인 같은 대답을 했나?

그게 아니야— 부정하려고 한 참에 수업 시작의 종이 울렸다.

교사가 들어와서, 술렁거리던 교실은 어쩐지 모르게 그대로 조용해졌다. 하지만, 어쩐지 시선이 느껴져. 따끔따끔. 다들 나를 보면서 수군댄다. 그런 피해망상을 가져 버린다.

으으, 실수했어.

분명히 다들 날 이상한 녀석이라고 생각했을 거야.

사토 양은 남자애랑 일반적인 이야기를 꺼낸 것일 텐데, 어느샌가 나는 아사무라 군만 생각하고 있었다.

현대문학의 수업 시간 동안 교사의 이야기를 한쪽 귀로 흘려들으면서, 나는 계속 내가 실수한 것을 질질 끌면서 고민하고 있었다.

왜 그런 대답을 해버렸지? 창피해.

수업 끝의 종이 울렸을 때는, 머리를 감싸 쥐면서 책상에 폭 엎어져 버렸다. 그런 포즈를 한 적 없었는데. 언제나 가슴을 쭉 펴고 있는 모습만 보여주고 있었는데.

이런 일이 있으니까, 나는 잡담이 특기가 아닌 거야. 어째서 다들 그렇게 술술 대화의 파도 속을 서핑할 수 있는 걸까?

엎드려 있던 얼굴을 조금 기울여서 나는 내 자리의 왼쪽 뒤를 힐끔 훔쳐보았다.

아까 나의 추태는 아사무라 군에게 어떻게 보였을까? 신경 쓰였다.

그러나 아사무라 군은 나 같은 건 보고 있지 않았다.

남자애 한 명과 뭔가 대화를 하고 있다.

그렇게 커다란 목소리로 대화하는 게 아니니까, 내용까지는 알 수 없다. 그렇지만 즐거워 보였다.

그의 교우관계를 그렇게 자세히 아는 건 아니다. 하지만 아마도 아직 교류가 얕을 남자애랑, 벌써 저렇게 마음 편히 대화를 하고 있다. 그런 모습을 보게 되면, 나는 자신이 한심해진다. 아사무라 군은 역시 평범하게 사교적이라고 생각한다. 알바를 할 때도 손님의 상담을 잘 받아주고 있잖아. 친구는 마루 군밖에 없다고 했었지만. 그도 새로운 인간관계에 나서고 있는 거야. 열심히 노력하고 있구나, 라고 생각했다. 좋겠다.

그리고 즐거워 보여.

내가 꺼낸 말이지만, 가까이에 아사무라 군이라는 가장 가까운 상대가 있는데 대화를 안 한다고 내가 정해 버렸다. 하지만 나랑 대화를 못해도 그는 저렇게 즐겁게 보낼 상대가 있다.

나는 이렇게 책상에 엎드려서 주위의 소리가 안 들리는 척하고 있는데.

"헤~이, 아야세. 여보세요."

고개를 조금 들자, 일부러 나를 들여다보며 옆자리의 반장이 내 이름을 불렀다.

"……응?"

"여기, 말인데. 이, 피어스."

여기, 라고 하면서 자기 귀를 살짝 손가락으로 찔렀다.

"아. 응."

나는 몸을 일으켰다.

―무슨 일일까? 피어스 같은 건 관두라고 하는 걸까? 반장이니까.

"귀여운 색이다 싶어서. 어디서 샀어?"

"어?"

"왜 그렇게 놀란 표정이야?"

"아. 빼라고 할 줄 알았어."

"어? 우리 학교, 딱히 금지도 아니잖아."

"그렇지."

스이세이 고교는 입시명문인 것치고 교칙이 느슨하다. 『너무 화려하지 않게. 절도를 지켜라.』 생활지도 교사는 엄격하게 말하지만, 전체적으로는 방임주의다. 안 그러면 머리를 염색하고 피어스까지 달고 있는 나는 진작에 퇴학이었다. 그 대신, 성적이 떨어지면 가차 없이 유급한다.

그래서 고등학교라기보다 대학 같다, 라고 말하기도 한다.

"그래서, 어디서 샀어?"

기억을 훑어보았다.

"센터 거리의…… 노점이었던 것 같아."

"흐응, 센스가 좋은걸. 머리핀도 귀엽고. 헤어 컬러에 맞춘 거야?"

"그렇지."

어쩐지 나 아까부터 그렇지밖에 안 하는 것 같아.

"있지, 나도 끼어도 돼?"

새롭게 대화에 끼어든 것은 아까 쉬는 시간에 내가 자폭한 대화의 계기를 만든 사람— 사토였다. 뭐, 나쁜 뜻이 있었던 게 아니란 건 알지만. 그리고 명백하게 내가 대답을 실수한 것뿐이지.

"물론이지. 지금 말야. 아야세의 센스가 좋단 얘기를 하고 있었어."

"공감해."

붕붕. 사토가 고개가 떨어질 것처럼 고개를 세로로 흔들었다.

인사치레라고 해도 그렇게 평가해주면 기쁘다. 사람은 노력한 부분을 칭찬 받으면 기뻐지는 생물이니까.

"응. 같은 반이 된 건 올해부터지만, 나, 아야세를 전부터 알았어."

"어?"

"1학년 때 옆 반이었잖아. 체육 때 몇 번인가 말을 걸었

있는데, 기억 안 나?"

나는 고개를 옆으로 저었다.

전혀 기억 안 나.

지금 생각해 보면 1학년 때 나는 주변을 이상하게 경계하고 있었다.

의무교육을 마치고, 좋게 말하면 자주자립을 내세우며, 나쁘게 말하면 방임주의인 스이세이 고교에 들어와서, 이제부터 겉모습도 내면도 갈고 닦는다고 생각했었으니까. 주변에서 들린 건 잔소리 같은 것들뿐이었다. 피어스도 머리 염색도 교칙으로는 부정되지 않고 어울린다고 생각하니까 하는 건데, 어째서 이상한 소문이 퍼지는지 신기하게 생각했었다.

하지만 그 무렵의 내가 너무 경계가 심했던 거지 사실은 반장처럼 단순히 좋다고 생각해준 사람도 있을지 모른다. 지금은 그렇게 느낀다.

사토가 수학여행 때의 추억을 꺼냈다.

여행할 때 이동은 원칙적으로 교복이었지만, 위에 걸치는 옷이나 호텔 안의 복장은 자유였다. 사토는 그때 내 복장과 소품을 정말로 잘 기억하고 있어서, 하나하나 그게 좋았다 이게 귀여웠다고 말해준다.

나긋한 어조로 추억을 뒤섞으면 즐겁게 말하는 사토.

"그렇게 말하는, 얘도 충분히 너무 귀엽다니까~."

반장이 사토를 끌어안으면서 머리를 쓰다듬었다. 마음은 이해된다.

"나는, 그래도, 꾸미는 건 서툴러서."

"그렇지 않아~. 그치? 아야세."

"어어…… 그렇지."

사토는 고스란히 태도에서부터 흘러나오는 작은 동물 같은 귀여운 아이다.

"그치만, 나도 아야세 같은 센스가 있으면 좋겠어."

"꾸미는 건 실천뿐이야. 아야세를 따라다니면 가르쳐줄지도 모르지."

"그거 좋네."

"저기, 제자를 받을 생각 있어?"

"어, 저기."

"옷 고르기 같은 거."

"그 정도, 라면."

와아, 하며 반장과 사토가 또 다시 얼싸안았다.

둘이서 이렇게 신이 나서 말하니까, 나는 애매한 맞장구를 치거나 짧은 감상을 말하기만 해도 대화가 성립되어 버린다. 마아야랑 또 다르게 편하네.

내 취미에 맞지 않는 것이라도 어쩐지 모르게 대화를 연결한다. 이런 점은 마아야랑 교류하면서 익숙해졌다고 생각했는데, 지금 생각해 보면 그건 「연결을 해줬다」가 아니

었을까?

다시 말해서, 나는 어쩌면 대화가 서투른 인간이었던 게 아닐까……

짧은 쉬는 시간을, 나는 어색하게나마 어떻게든 두 사람을 따라가며 보냈다.

학교가 끝나면 오늘도 알바다.

알바는 물론 아사무라 군과 함께 서점에서 한다. 아사무라 군은 한 번 집에 돌아갔다가 자전거로 역 앞까지 나온다. 나는 학교에서 그대로 직행.

가게에 들어서자, 요미우리 선배가 취직 활동으로 얼마간 못 온다는 얘기를 들었다.

그것을 점장님께서 참으로 중대사건처럼 말해서, 나는 대체 무슨 일일까 싶어 고개를 갸웃거렸다. 분명히 그 사람은 유능하지만, 신년도의 시작 무렵보다는 어느 정도 손님의 수도 진정된 것 같은데.

그 의문의 대답은, 손님이 신간 발매 예정일을 물어봐서 조사해보고 밝혀졌다.

잡지와 신간의 발매일이 평소와 다르다.

월말 직전에 집중되어 있고, 평소보다도 많다. 그리고 4월말부터 5월 초까지 입하가 없다.

"아, 휴일이라 그렇구나……"

조용히 중얼거리자, 함께 계산대로 들어온 베테랑 정사원 여성이 고개를 끄덕였다.

　"연말이나 오봉이랑 비교하면 좀 낫긴 해."

　"그러면, 이번 주 안으로 책장을 비워놔야 하네요."

　"그래. 아야세도 이 일에 익숙해지기 시작했네~. 장하다~."

　"감사합니다."

　또 칭찬 받았다.

　오늘은 노력한 것을 칭찬 받는 날일까?

　"뭐, 그러니까 부지런히 반품할 책을 꾸려야지. 요미우리가 있으면, 그 사람이 과감하니까, 시원스럽게 비워주는데 말야."

　도서관처럼 보존도 목적인 시설과 달리, 신간을 두는 서점에 계속 남아 있는 책은 계속 자리를 차지하는 불량 재고였다.

　그렇지만 어떤 책이든 입하하고 순식간에 판매되어 사라지는 게 아니다. 찾고 찾고 간신히 도달한 끝에 남아 있던 한 권의 책을 감사하며 사가고, 그 뒤로 가게의 단골이 되는 손님이 없는 것도 아니다─ 라고 아사무라 군이 말을 했었지.

　뭐, 그리 많지는 않아. 라고도 했었지만.

　그리하여, 어떤 책을 반품하고 어떤 책을 놔둘 건지, 책에 대한 점원의 후각과 눈썰미가 시험 받게 된다.

아사무라 군이 계산대에 들어오자, 나는 그 타이밍에 매장으로 나섰다.

가게 안을 둘러본다.

평상에 쌓여 있는 책을 확인하고, 책장을 시선으로 훑어보고, 빈 곳이 있으면 보충한다. 순서가 이상하면 다시 정리하고, 어슬렁거리며 뭔가 찾고 있는 손님을 발견하면 도와드릴까요 하며 말을 건다.

말을 거는 것만큼은 좀처럼 익숙해지질 못하고 있다. 나 자신이 가게에서 누가 말을 걸어주는 걸 기대하지 않는 타입이라 그런 걸까? 괜한 참견을 하는 게 아닐까라는 마음을 씻어내기 어렵다. 그래도, 임무의 내용이 정해지면 내 입은 열리고 움직인다.

내가 서투른 건— 목적이 딱히 없는 대화였다.

하지만 그 자리의 인간관계를 원활하게 유지하기 위해서, 잡담 능력이라는 것은 중요한 게 아닐까라고 생각하기 시작했다. 교실에서도 그렇고. 직장에서도.

광택을 뿜어내는 잘 닦인 바닥을 박차면서 매장을 돌았다. 책장이 빈 곳을 체크하던 나는, 모르는 사이에 비즈니스 노하우 책이 있는 곳에 시선을 보내고 있었다. 신경을 쓰고 있기 때문일까? 상사와 능숙하게 대화하는 방법이나, 신세대 부하와 커뮤니케이션을 하는 방법, 그런 타이틀의 책이 잔뜩 나와 있는 것 같아. 직장에서 커뮤니케이션으로 고민하는 사람이 많기 때문일까?

실제로 나도, 신입 알바 대학생 두 사람과 제대로 대화를 못하고 있으니까.

불편하지 않을까 걱정이었다.

나도 이 서점이 첫 알바지만, 나는 내가 「얕보이기 싫다」, 「깔보이기 싫다」라는 마음이 강한 인간이라는 자각이 있다. 그래서 세상에서 말하는 직장 내 강압 체질의 상사 따위와 잘 지낼 수 있을까? 라고 생각하면, 도저히 못할 것 같다. 화가 나서 금방 관둬버릴 가능성도 있다.

계속할 수 있는 이유는, 아사무라 군이라는 가깝고 상담할 수 있는 사람이 일하고 있다는 것이 크다. 그리고 여러모로 챙겨주는 요미우리 선배 덕분일지도.

이것이 혹시, 아무도 아는 사람이 없는 곳이었다면…….

실례되는 상대와 커뮤니케이션 따위 하고 싶지 않다.

하지만, 일이지 않냐고 하면 할 말도 없었다.

"일이라."

알바를 마칠 시간이 되어, 옷을 갈아입고 사무소에서 아사무라 군과 함께 돌아가겠다고 인사를 하러 갔더니 없어야 할 요미우리 선배가 있었다.

그리고 잠깐 취직활동 이야기를 하고, 지금부터 생각을 잘 해두라는 말을 듣고 말았다.

돌아가는 길에, 아사무라 군이랑 걷고 있을 때도 모르는 사이 장래의 일에 대해 생각하고 있었다.

내가 하고 싶은 일은 뭘까? 직업이라는 의미에서는 구체적으로는 아직 없다.

서점 알바를 통해 다른 사람과 연계를 하는 것도 배워가고는 있지만, 역시 체질적으로 개인의 힘이 중시되는 세계가 성격에 적합하지 않을까 생각하는데.

요미우리 선배처럼 대학 3학년부터 취직활동을 시작하게 된다면, 앞으로 3년 뒤까지는 뭔가 정해둬야 하는 거다.

3년밖에 없다고 생각해야 할까? 아직 3년이나 있다고 받아들여야 할까?

지금의 나는 후자였다. 그래서 이건 실감이 동반되는 탁상공론. 3년 뒤의 자신을, 나는 상상할 수가 없다.

애당초 작년까지의 나는 개인주의를 지침으로 삼고 있었다.

개인이라는 것의 의의나 가치를 인정하고 개인의 자유나 독립을 존중하는 입장— 사전을 찾아보면 그런 식으로 개인주의가 정의된다.

다시 말해서 자신의 생각이나 독립성을 중요시하는 거라고 나는 해석하고 있었다.

나는 내 가치관이 있고, 지켜야 할 규범이 있다. 그것을 나는 스스로 정하고 있다.

물론 혼자만 좋은 걸 하면 안 되겠지만. 남에게 좌우되고 싶지는 않다. 그렇게 생각해왔다.

하지만, 하루 종일 아사무라 군을 가까이 느끼면서도 대화하지 못한 것에 나는 실제로 쓸쓸함을 느끼고 있었다. 교실에서도 알바를 하면서도 시선을 나누기만 한다. 그의 말을 듣고 싶다. 온기를 느끼고 싶다. 그렇지 않으면, 내 발치가 무너질 것 같은 생각마저 들었다.

……이게 정말로 개인주의자의 감정일까?

우리 집 맨션의 불빛이 보였을 때는 안도해 버렸다. 돌아가야 할 집을 발견한 방랑자의 마음이 이런 느낌일까?

나는 대학에 들어가면 엄마 곁을 떠나 혼자 살기 시작할 셈이었는데.

"취직이라."

입구가 보였을 때 중얼거린 말은 봄의 끝에 부는 바람 속에 녹아 사라졌다.

현관문을 열었다.

집 안이 조용한 것은 엄마도 타이치 새아버지도 없기 때문이다.

4월이 된 뒤부터, 휴일을 빼면 가족 네 명이 함께 식사를 할 기회가 확 줄어버렸다.

새아버지가 너무 바쁜 게 아닐까? 몸이 망가지지 않으면 좋겠는데…….

아사무라 군이랑 둘이서 저녁 식사 준비를 하고, 둘이 마주 앉아 먹는다.

아침은 어수선하니까, 둘이 느긋하게 대화를 할 수 있는 건 이 저녁 식사 때뿐이다. 거의 대화할 기회가 없었던 만큼, 그걸 되찾는 것처럼 우리는 대화를 거듭하고— 그렇게 하려고 했지만, 어째서일까? 이럴 때는 정작 말이 안 나온다.

"오늘 된장국, 어때?"

어때? 라고 물어봐도 난처하기만 할 텐데. 아사무라 군은 성실하게 감상을 말해준다.

"응. 팽이버섯이랑 아카다시 된장국이 잘 맞네. 맛있어."

"다행이야."

"된장은 산 거야?"

나는 고개를 끄덕였다.

평소에는 칸토에서 제일 편하게 살 수 있는 쌀된장을 사용하지만, 팽나무버섯에는 아카다시가 잘 맞을 테니까 일부러 된장의 종류를 바꿔서 만들었다.

"아카다시는 뭐가 다른 거였지?"

"대두에 콩 누룩을 더해서 만드는 게 콩 된장. 아카다시는 콩 된장에 쌀된장이랑 육수가 들어가."

"호오."

"보리된장은 보리누룩. 쌀, 콩, 보리. 된장은 대개 이 세

가지 중에 하나일 거야. 아카다시 된장의 본고장은 토카이 지방이지만, 옛날이라면 모를까, 지금은 평범하게 칸토에서도 구할 수 있으니까."

슈퍼에서도 살 수 있고, 여차하면 인터넷 쇼핑이 된다. 통신판매는 전국의 된장을 마음껏 살 수 있어— 사진 않지만. 공을 들이다 보면 분명히 일본 전국 된장국 축제를 저지를 자신이 있다. 왜냐면 아사무라 군이 분명히 기뻐할 테니까.

참고로 오늘 건더기는 심플하게 두부와 팽이버섯뿐이었다.

두부는 조그맣고 네모지게 잘랐다. 다시 말해서 작은 입방체다. 파드득 나물이 있으면 그것도 잘게 썰어서 넣고 싶었지만, 아쉽게도 오늘은 준비 못했다.

"팽이버섯은 식감이랑 목 넘김이 좋단 말이지."

"씹으면 탱탱하고, 목으로 넘길 때는 스르륵 들어가 버리지."

까딱하면 씹지도 않고 넘어가버리니까 조금 무섭지만.

"밥에도 잘 맞아."

"그러고 보니 요전에, 인터넷 레시피로 팽이버섯 밥이라는 걸 찾았는데—."

얼마간 이런저런 밥의 종류로 신이 나서 대화를 했는데, 그게 아니고. 어째서일까? 이런 이야기도 좋지만, 좀 더 그게…….

"잘 먹었습니다. 맛있었어."

퍼뜩 고개를 들자, 아사무라 군이 두 손을 마주치며 이쪽으로 고개를 숙이는 참이었다. 황급히 나도 「천만에요」라고 했다. 뭐, 요리는 둘이서 만들었으니까 나도 다 먹으면 같은 말을 하겠지만.

그게 아니라, 정말 왜 이러지. 이 가려운 곳을 긁지 못하는 기분은······.

식사를 마치고 뒷정리도 둘이 함께 한다.

각자의 방에 틀어박혀 잠시 공부를 하고 목욕을 했다. 느긋하게 목욕물에 잠기면서, 저녁 식사 때의 대화를 떠올려봤다. 그리고 요 며칠의 화제도 이것저것.

아사무라 군이랑 대화를 하고 싶어서 어쩔 줄 모르겠다. 그 마음은 분명히 강하다.

하지만, 잘 생각해 보면 알바를 마치고 돌아올 때는 대개 함께 돌아온다. 그런데, 그의 옆을 걷고 있을 때는 그다지 대화를 한 기억이 없다. 큰 길을 걷고 있을 때는 사람들 이목이 있으니까 신경을 쓰는 것도 있지만, 맨션으로 오는 골목에 들어서자마자 머신건 토크를 하기 시작하는가 하면 오히려 말수가 반대로 줄어 버렸다. 오늘은 요미우리 선배의 말에 이끌려서 취직에 대해 생각하고 있었기 때문이기도—.

그게 아냐. 그러면 더욱 그렇지. 그걸 화제로 해도 좋았을 거잖아?

저녁 식사 때도 그렇고, 따져보면 요즘엔 엄마도 타이치 새아버지도 돌아오는 게 늦으니까 귀가하고서 얼마든지 대화할 시간이 있었을 텐데…….

"조금 더, 얘기하고 싶어……."

욕조에 몸을 담그면서 흘린 말을 수면을 두드려 흩뿌려 놓았다. 자신의 대화 스킬이 정말 형편없어서 싫어진다. 대화 주제에 지식밖에 준비를 안 해뒀어.

목욕을 하고 나와서 옷을 갈아입은 다음, 나는 몸이 식지 않도록 위에 한 장 더 걸치고 키친으로 갔다.

물을 끓이고, 우유를 데워서 밀크티를 만들었다. 두 사람 분량.

두 개의 머그컵을 한 손에 들고, 빈손으로 아사무라 군의 방 문을 두드렸다.

대답을 확인하고 문을 열었다. 컵을 고쳐 들고, 방으로 들어갔다.

들고 온 밀크티를 책상 위에 놓았다.

"있지, 오늘 말야. 아사무라 군, 요시다랑 뭔가 얘기했었지?"

나는 이야기를 꺼냈다.

입 밖에 내고서 새삼 깨달았는데, 나는 이런 이야기를 하고 싶었다.

아사무라 군의 평범한 일상을 더욱 알고 싶었다. 오늘 하루 무슨 일이 있었는지를 공유하고 싶고, 내 오늘도 그가 알아주면 좋겠다. 그를 알고 싶고, 나를 알아주면 좋겠다.

나는, 자신이 수다를 좋아한다고 생각한 적이 없다. 굳이 따지자면, 그다지 자신에 대한 이야기를 하는 타입이 아니었고, 남에 대해서 알고 싶다는 마음도 옅었다.

그런 걸 좋아했다면, 좀 더 소설 등장인물의 마음을 이해하고 짐작할 수 있었을 거야.

그런데도 아사무라 군과 대화하면 멈추지 않는다. 대화가 잘 시작되면 자연스럽게 말수가 많아진다. 그렇게 되기까지가 힘든 거지. ……작년까지와는 다르다. 아사무라 군이 상대라면 나는 이렇게나 말이 많아진다. 정말로 지금의 나는 나다운 걸까? 이런 별 것 아닌 대화를 하는 건 아사무라 군이 싫어할지도 몰라. 왜냐면 이건 그냥 잡담이잖아? 나는 사교성이 좋은 그에게 너무 어리광을 부리는 게 아닐까?

자제를 해야 한다고 생각해도 자신의 행동을 멈출 수가 없다.

"교실에서도, 더 잔뜩 얘기하고 싶어. 더 가까이 있고 싶어."

무심코, 그렇게 말해버렸다.

여러모로 소문이 오가는 게 싫으니까 학교에서는 너무

대화하지 않도록 하자. 그렇게 정한 건 나인데. 난 참 제멋대로야.

아사무라 군은, 자연스럽게 하자 무리하게 감추는 건 그만두자고 말해줬는데, 그 「자연스럽게」를 나는 제대로 파악하지 못하고 있다. 평소의 나— 타인의 눈을 신경 쓰는 자신이 고개를 내밀어 남들 앞에서는 자제해 버린다. 그런 주제에, 단둘이 되면 과도하게 어리광을 부린다.

키스까지 졸라 버려서, 나는 마음속으로 창피함을 느꼈다.

그러니까 너무 어리광 부린다니까.

도망치듯 내 방으로 돌아가서, 이불 속으로 피난했다.

입술을 손가락으로 더듬자 입맞춤의 여운이 되살아나 볼이 뜨겁다. 끌어안았을 때 그의 체온을 떠올리고 이불 속에서 버둥버둥 몸부림치게 되고 만다.

대화를 거듭하면 거듭할수록, 온기를 바라며 끌어안으면 안을수록, 키스를 하면 키스를 할수록.

아직 부족하다—. 그렇게 느껴 버리는 내가 있었다.

그런 한편으로, 머릿속 한 구석에서 뭔가 경보 같은 것이 울리고 있다.

지금까지 지켜온 아야세 사키라는 용기가 부서져 버릴 것 같아서.

애벌레처럼 이불을 둘둘 말고서, 어두운 방 안에서, 보이지 않는 벽 너머를 보고자 눈에 힘을 주었지만.

아야세 사키와 아사무라 유우타의 적절한 거리라는 애매모호한 것은 도저히 보이질 않았다.

●4월 20일 (화요일) 아사무라 유우타

　자전거를 맨션의 주륜장에 세우고, 아야세 양에게 LINE으로 귀가를 알렸다.

【어서 와. 새아버지한테 말해둘게.】

　곧장 돌아온 답장을 보고, 오늘은 일찍 퇴근했구나 하면서 나는 남몰래 아버지를 존경해 버렸다.

　목련의 하얀 꽃이 피는 맨션의 화단을 지나 입구를 통과해 엘리베이터로 집이 있는 층까지 올라갔다.

　"아버지, 무리를 안 하면 좋겠는데……."

　매일같이 심야 0시를 넘어서 돌아오는 아버지가, 오늘은 저녁을 먹기 위해 일을 빨리 끝내고 돌아왔다.

　4월부터 우리 집의 식사 분담이 변경됐기 때문이다.

　애당초 분담제이긴 했지만, 아야세 양과 아키코 씨의 호의로 구 아야세 가족 측에서 담당하는 날이 많이 설정되어 있었다.

　저녁 식사는 바텐더 일을 하러 나가기 전에 아키코 씨가 만들어두긴 하지만, 아침 식사는 아야세 양이 만들고 있었다. 더욱이 나랑 같이 알바를 시작한 뒤로 귀가 시간이 같아지는 일이 많았으니까, 그렇게 만들어둔 저녁 식사를 아야세 양이 더욱이 한 번 수고를 들여서 다시 만들어주는 일도 많았다.

다시 말해서, 명백하게 아야세 양의 부담이 크다.

그래서 작년 말 즈음부터 나도 도울 수 있는 건 돕도록 하고 있었다.

그랬더니 아버지가, 「이제 그만 너희들이 수험생이니까」 라고 하시면서 4월부터 요리 분담을 다시 짜기로 했다.

그리고 아버지는 자기도 순서를 정해 평일에 저녁을 만들겠다고 했다. 그 나이까지 인스턴트와 배달에 의지하던 사람인데. 매주 화요일이 아버지의 담당이 되었다. 그 밖의 평일은 아키코 씨가 이틀, 아야세 양과 내가 하루씩. 토요일은 아키코 씨랑 아버지가 둘이서 만들게 됐다.

주말에, 아버지는 아키코 씨에게 요리를 배우고 있는 것이다.

오늘로 3주째니까, 평일에 아버지의 단독 요리 당번도 세 번째가 된다.

다만…… 그렇게 정해지자마자 아버지의 일이 바빠져 버렸다. 일(혹은 공부)과 가사의 분담이라는 것은 어렵다고 새삼 생각했다. 정말로 힘들 것 같으면 내가 대신하거나, 분담을 다시 짜는 게 좋겠어.

"다녀왔습니다."

현관문을 열고 안에 말을 걸었다.

아버지랑 아야세 양의 대답이 거의 동시에 들렸다.

부엌으로 이어지는 문을 열자, 아야세 양은 이미 자리에 앉아 행주로 테이블을 닦고 있었다.

"마침 다 된 참이야. 손 씻고 와."

알겠다고 대답한 뒤 나는 내 방에 가방을 던져 넣었다.

세면장을 경유해서 부엌에 돌아갔는데, 이미 갓 지은 밥도 된장국도 다 담겨 있었고, 젓가락도 눈앞에 모여 있었다. 준비가 완벽해서, 내가 할 수 있는 일은 먹는 것밖에 없었다. 어쩔 수 없이 그대로 자리에 앉았다.

"그러면, 먹자. 잘 먹겠습니다."

아버지가 재촉하여, 나랑 아야세 양도 잘 먹겠습니다 하고 말했다.

오늘 메뉴는…… 야채볶음과 밥과 된장국이다.

야채는 정석인 배추, 당근, 숙주나물 세 종류. 고기는 돼지고기. 커다란 그릇에 듬뿍 담겨 있어서 각자의 그릇에 자기가 먹을 만큼 담는 느낌이다. 아야세 양은 그릇에 야채를 넉넉하게 담았는데 야채를 좋아하는지 다이어트를 하는지는 모르겠다. 물어볼 생각도 없어.

"어떠니?"

아버지가 조심조심 요리의 감상을 물었다.

"조금만 더 간을 싱겁게 해도 좋을 것 같아."

평소 아야세 양이 만드는 것보다 짭짤하게 느껴지기에 그대로 감상을 말해봤다. 아버지한테는 평범한 맛으로 느껴지는 걸까? 지친 사람은 짠맛을 바라게 되는 법이니까, 어쩌면 피로가 쌓인 걸지도 모른다. 그러면 좀 걱정인데.

여기서 간에 대해 재치 있는 조언 하나쯤 자연스럽게 할 수 있으면 좋겠지만, 아버지랑 요리의 경험에서 별 차이도 없는 나는 말이 떠오르질 않아서 담백한 감상만 나와버렸다.

"그렇구나……."

실망하는 표정의 아버지. 미안.

아야세 양이 곧장 커버해주었다.

"맛있어요. 배추도 아삭한 느낌이 남아 있고."

"그래! 응, 그건 아키코 씨가 가르쳐준 게 있어서 조금 신경 써봤지."

"네. 이거면 충분해요."

"그래그래. 잔뜩 있으니 많이 먹어라."

"네. 감사합니다."

내가 칭찬하는 것보다 아버지는 기뻐 보였다.

칭찬하는 역할은 아야세 양에게 양보하는 게 좋을 것 같아. 그리고 아야세 양은 조언도 잊지 않았다.

"저기, 맛을 보는 건, 요리 전체를 봤을 때, 조금밖에 안 하잖아요."

"응? 아, 그렇지."

"하지만, 간은 먹다 보면 몸에 축적되는 법이에요. 그러니까, 레시피의 분량으로 충분한 거죠. 맛을 보면서 부족한 걸까 생각이 들 때 더하지 않아도 OK죠. 맛을 볼 때의 몇 배나 실제로 먹게 되니까요. 수프 같은 거랑 마찬가지예요."

"분명히 수프도 가볍다고 생각해서 먹다 보면, 중간부터 생각보다 묵직해져서 다 못 먹는 일이 있지."

아버지는 아야세 양의 말에 순순히 수긍했다.

요리에 관해서는 아야세 양이 적절한 조언을 할 수 있으니까, 곁에서 들으며 나도 머릿속 한 구석에 메모장을 펼치고 적어두었다.

현시점에서 나랑 아버지의 요리 실력을 비교한다면 아야세 양의 요리를 돕고 있는 내가 그나마 위였다. 그러나 아버지는 주말을 써서 아키코 씨에게 단단히 배우고 있으니까, 조만간 추월당할 가능성이 있어. 내가 아버지의 요리에 딴죽을 거는 것도 이게 끝일지도 모른다. 라고 생각했다.

저녁을 다 먹고 아야세 양은 목욕을 한다.

나는 어떡할까. 방에서 책이라도 읽을까? 아니면 내일 예습을 먼저 해둘까?

내 방으로 돌아가려다가, 문득 어제 요미우리 선배에게 들은 말이 떠올랐다. 지금부터 진로에 대해 생각해 두는 게 좋다는, 그 충고다.

취직이라.

눈앞에서 아버지가 태평한 표정으로 식후의 차를 마시고

있다.

그야말로 볼품없는 느낌이지만, 이러면서도 같은 일을 20년 가까이 계속해왔을 것이다. 과거에 전직을 했다는 이야기는 들은 기억이 없다. 아버지는 어떤 경위로 지금의 회사에서 일하게 된 걸까?

"아버지. 커피 탈 건데요, 마실래요?"

"오오, 그래 마실게."

벌써 밤이지만, 이제부터 할 이야기는 맑은 정신 상태로 하고 싶으니까 커피다.

밤인데 커피냐고 의문을 던지지 않고 어울려주는 걸 보면, 아버지도 어렴풋이 내가 뭔가 이야기를 하고 싶어한다는 걸 짐작했는지도 모른다.

물을 끓이고, 드립 기계로 두 잔 분량의 커피를 탔다. 아버지랑 내 컵을 뜨거운 물로 데운 다음 커피를 따라 아버지 앞에 앉았다.

"여깄어요."

"고맙다."

"아버지. 그러고 보니까, 아버지가 하시는 일에 대해 제대로 물어본 적이 없었는데—."

찻잔을 커피잔으로 바꿔서 피어오르는 향기에 눈웃음을 짓고 있던 아버지가 「응?」하는 표정으로 나를 보았다.

내가, 대학 수험이 다가오기도 해서 장래를 생각하기 시작했다는 것. 여러 가지 직업을 아는 일환으로 아버지의 이야기를 듣고 싶다고 말하자, 아버지는 놀란 표정을 지었다가 표정을 풀었다. 자기 일에 흥미를 가져준 것이 기쁜 모양이네. 약간 몸이 앞으로 기울어지고 이야기를 시작했다.

"어디서부터 이야기를 해야 할까."

"그러니까…… 애당초, 아버지는 처음부터 지금 일을 하셨어요?"

"회사가 같다, 라는 의미에서는 그렇지. 요즘 세상에 보기 드문 일일지도 모르지만."

"그랬구나……."

"평생 계속할 수 있을 법한 일을, 한 번에 만나는 게 드물다고 생각하지 않니?"

"……애당초 일을 하는 절 상상하기 어려워요."

그렇게 답하자, 정색하면서 「그야, 나도 그랬었다」라고 말했다.

아버지가 일하는 회사는 도쿄도에 본사가 있는 식품 메이커(여기까지는 나도 알고 있다)였다. 현재는 거기서 상품 기획부의 과장으로 일하고 있다.

오오, 과장이었구나.

그렇게 말하자, 「일단 그렇지」라고 대답했다. 친아버지의 직함을 처음으로 알았다는 건 아들로서 어떤 걸까 싶기도 하지만, 아버지는 그다지 그런 이야기를 집에서 말하지 않는 타입이니까.

"하지만, 처음에는 기획 쪽이 아니었어."

"그랬었구나."

"일을 시작한 무렵에는 영업직이었다. 전에 살짝 이야기를 했을지도 모르겠는데."

그러고 보니, 그런 이야기를 들은 것 같기도 하다. 그래서 나름대로 몸가짐에 신경을 썼다, 라고 했지.

"영업은, 힘들다고 들었는데요."

"힘들지 않은 일이 없다고 생각한다. 나는 뭐 낯을 좀 가리는 타입이기도 했어."

낯을 가린다……라, 그랬었나? 낯가림의 개념을 뒤집어버릴 법한 아버지의 말에 무심코 태클을 걸자 쓴웃음을 지었다.

하지만 말을 못하면, 취해 쓰러졌을 때 보살펴준 여성에게 그대로 교제를 신청하고 결혼까지 진행할 수 있을까 싶기도 한데.

"그래그래. 그래서 영업으로 단련한 스킬을 구사해서— 아니, 그게 아니고 말이다."

아들에게 태클을 되돌려주는 아버지. 나보다 사고방식이 젊은 걸지도 몰라.

"나는, 젊었을 적은 내성적이고 말이 서툴렀다. 30년쯤 전이지."

"그렇게 안 보이는데요."

"그야, 당시의 선배한테 잔뜩 단련을 받았으니까. 총판이나 판점— 판점이라고 하면 모르려나."

"상품을 대량으로 구해서, 대량으로 싸게 판매하는 가게, 라고 나오네요."

스마트폰으로 그 자리에서 조사하자, 사전적으로는 그런 느낌이다.

"예를 들어서, 어떤 가게라고 생각하니?"

"슈퍼나 백화점?"

내 대답에 아버지가 수긍했다. 정답인가 보군.

"그리고 음식점 같은 곳도 돌아다닌다. 영업을 하러 가는 거지. 가게 하나하나마다 가서, 고개를 숙이고, 이번에 이런 상품이 나옵니다만, 우리 상품을 구매하실 생각이 없으십니까."

"헤에……."

잘은 모르니까 애매한 대답이 되어 버린다.

"물론, 부탁하면 곧장 OK를 해주는 게 아니지. 오히려 안 되는 쪽이 많아. 이야기를 들어주기 전에 문전박대를 당하는 일도 많고. 봐라, 역 앞에서 전단지 뿌리는 사람, 있지 않니? 그거, 받아가는 사람이 더 적잖아."

"저도 안 받으니까요."

"하하. 뭐, 그런 법이야. 거래처를 오래도록 고정하고 있는 가게도 많고. 그런 가게에, 자기 회사의 물건으로 바꾸지 않겠습니까 하고 부탁하는 건 꽤 힘든 일이지. 옆에서 끼어드는 거니까. 세일즈가 성공하더라도, 그러니까 성공을 하면, 바꾸기 전의 회사 영업 쪽에 원망을 사게 되기도 하고."

"우와아……."

"상품을 프레젠테이션하기 위해, 실제로 그쪽 담당자 앞에서 조리를 한 적도 있었지."

"조리라니……. 어, 아버지가 요리?"

뜻밖이다. 그러면 나보다 훨씬 경력이 있잖아.

"요리라고 할 정도는 아니지. 가열을 하거나 중탕을 하거나 하는 것뿐이니까. 요리 스킬은 필요 없었다. 하지만, 높은 분 앞에서 하는 거니까, 실패하는 게 싫어서 긴장하게 되지. 그런 걸 10년 정도 했었다."

"꽤 오래 했었네요?"

내가 태어날 무렵은 아직 영업직이었다는 거군.

"그렇지. 내가 제안한 상품이 선반에 늘어선 것을 보는 순간이 참 기뻤다. 열심히 하길 잘했다고 생각했지."

아버지가 감개에 빠져 말했다.

"그런 건, 좋네요."

"다만 그 다음에 문제가 생기면 클레임이 전부 영업 쪽으로 온다."

커뮤니케이션 스킬이나, 거래처의 자잘한 케어도 필요하니까, 상당히 피곤했다. 먼 곳을 바라보는 눈으로 말했다.

듣고 있으니, 나는 도저히 못 할 것 같다고 생각해 버렸다.

"상품을 밀어붙여서 파는 건 무리일 것 같아요."

무심코 그렇게 말했더니, 아버지가 조용히 고개를 옆으로 저었다.

"아니야, 유우타. 밀어붙이는 건 영업이라고 못한다. 그건 강매라고 하는 거지."

"응……. 그렇, 구나. 그럴지도."

"파는 건 자기 회사 제품의 좋은 점도 나쁜 점도 다 알아야 해. 거래처가 손해를 보면 돌고 돌아서 미래의 자기 회사가 손해를 보니까. 결점을 숨기고 팔아도 오래 못 가지 않겠니?"

"장점이 없으면 어떡하는데요?"

"팔 수 없는 걸 팔아 버리는 영업맨도 없다고 할 수는 없지만 말이지. 나는 그런 건 서투르고, 긴 관점에서 보면 그건 회사에게도 손해라고 생각한다. 그리고 장점과 단점은 물건을 어떻게 보는가에 따라서도 달라. 인간의 성격도 그렇잖아? 좋게 말하면 신중하고, 나쁘게 말하면 겁이 많다."

그렇구나.

"같은 성질이 상대에 따라 장점으로 보이거나 단점으로 보인다는 건가요?"

"그래. 그러니까 상대에게 좋게 보일만한 점을 찾는다. 물건도, 사람도, 관계가 오래 지속되는가는, 상대와의 상성 문제라고도 할 수 있지. 밑도 끝도 없는 이야기가 되지만 말이다……."

마지막에 조금 쓸쓸함을 품은 어조가 되었다. 상품의 세일즈 이야기였는데, 어쩌면 뭔가 다른 것이 머리를 스친 걸지도 모른다.

"그러면서, 무심코 추천하고 싶어지는 제품이면 기쁘지. 그런 제품의 세일즈 때는 좀 더 열정도 생긴다. 이건 좋은 물건이니까, 분명히 상대에게도 득이 될 거다. 확신을 가질 수 있을 때가 나는 영업 성적이 좋았어."

그렇게 말하고, 아버지는 커피를 입에 머금더니 잠시 입을 다물었다.

식탁에 둔 캡슐형 우유를 집어서, 끄트머리를 똑 부러뜨려 열고 컵에 뿌렸다. 두꺼운 손가락에 끼운 스푼으로 가볍게 섞는다. 빙글빙글 하얀 밀크가 소용돌이를 만들었다. 그것을 마시면서 아버지는 말을 이었다.

"뭐, 그런 일이 있어서, 나는 그『추천하고 싶어지는 상품』이라는 것을 보고 만드는 쪽에 흥미가 생겼다."

"아, 그렇구나. 그래서 상품 기획부에?"

"해보지 않겠냐고, 권유를 받았지."

이야기가 탈선했구나. 그렇게 말하면서 아버지는 「그러

니까—」하고 말을 이었다.

"영업이라는 건 말이다. 모르는 남과 새롭게 사귀기 시작하는 것 같은 일이라고 나는 생각한다. 그냥 밀어붙여서는 오래 이어지질 않잖아? 너라면 너 나름대로 남들과 거리를 좁히는 방법도 있을 거라고 생각하니까, 못할 거라고 나는 생각하지 않는다. 유우타가 좋아하는 길을 고르면 된다고 생각하지만, 선택지로서 간단히 버릴 필요는 없어."

그 말을 들었다고 해서 즉시, 영업도 재미있을 것 같다고 생각한 건 아니고, 나에게 적합하다고 생각하지도 않았지만, 그래도 상당히 참고가 됐다. 평소에는 아버지에게 꽤 물어보기 어려운 이야기니까.

아버지에게 감사를 표하고 내 컵을 들고 방으로 돌아갔다.

펼친 책 위로 시선이 미끄러진다.

문자가 문자로서 판별되지 않게 되고, 적혀 있는 문장의 내용이 조금도 머리에 안 들어오게 된다. 깨닫고 보니 탁하고 페이지가 닫혀 있었다.

시계를 보자, 벌써 11시를 넘기고 있었다.

"잘까……."

침대 위의 이불을 들추자, 안쪽에 담요가 발치로 내려가 있는 걸 깨닫고 아이고야 하며 다시 올렸다. 4월도 끝이 다가와서 깃털 이불은 옷장 안으로 들어가고, 지금은 작은 담요 위에 이불을 하나 덮는 사양이 되어 있었지만, 이 둘이 궁합이 안 좋은 건지, 자는 사이에 담요가 미끄러져 발치 쪽으로 어느샌가 접혀있게 된다.

결코 내가 잠버릇이 나쁜 게 아니— 라고 생각한다.

뒤집은 이불 안으로 들어가려는데 작은 노크 소리가 울렸다.

대답을 하자, 희미하게 문이 열리고 틈으로 아야세 양이 말을 걸었다. 이틀 연속은 드문 일인데.

"들어가도 괜찮아?"

"물론."

아야세 양은 살짝 연 문으로 몸을 통과시키더니 손을 뒤로 돌려 문을 잠갔다.

그것이 오히려 아버지가 지금 집에 있다는 것을 떠올리게 해버린다. 최근에는 앞으로 30분은 지나야 돌아왔었다. 그런 시간이었다. 내 심박수가 살짝 오르는 걸 의식해버렸다.

"이제 자려는 참이었어?"

"응."

"방해한 거라면, 내일 와도 되고."

"아니, 괜찮아. 왜 그래?"

조금 걱정이다.

"저기, 말야. 딱히 용건이 있는 건 아닌데……."

말하면서 안으로 들어오더니, 침대 위에 앉아 있던 내 옆에 앉았다.

"오늘도 하루 종일 거의 대화할 시간이 없었잖아."

아야세 양은 오늘 알바를 안 하는 날이었으니까, 돌아올 때 함께 걷는 일도 없었고, 듣고 보니 어제 이상으로 둘이 함께 있는 시간이 짧았다.

"그럼, 잠깐 얘기할까?"

"응."

아야세 양은 하나둘 오늘 있었던 일을 이야기했다. 나도 때때로 맞장구를 치면서 내가 겪은 일을 말한다. 그러나 평범한 고교생에게 대단한 이벤트가 일어날 리 없었다. 나는 오늘도 요시다와 조금 이야기한 정도였군. 아아, 그러고 보니―.

"낮에 오랜만에 신죠랑 얘기를 했어."

"신죠랑?"

"매점에서 어쩌다 만났거든. 안뜰에 벤치가 있잖아. 점심을 사다가 거기서 먹었어."

스이세이 고교는 교사와 제2교사(화학실이나 조리 실습실 등, 특별한 기구가 필요한 교실만 모여 있는 건물이다)가 늘어서 있는데, 그 중간에 끼인 부지는 자그마한 뜰이 되어 벤치가 놓여 있었다. 겨울은 그늘이 지고 찬바람이 휘몰아쳐서 너무 춥지만, 이 시기에는 따끈따끈하고 날씨가 좋으면 마치 카페의 테라스석 같기 때문에 벤치는 쟁탈전이 일어난다. 오늘은 어쩌다가 비어 있었다.

"같이 점심이라. 좋겠다."

"뭐, 딱히 특별한 이야기를 한 건 아니지만."

"그래도, 부러워."

"저녁은 같이 먹잖아?"

신죠하고는 오늘 어쩌다가 점심을 함께 먹은 것뿐이지, 아야세 양하고는 기본적으로 매일, 아침 식사와 저녁 식사를 함께 먹는다. 그러나 아야세 양에게는 내 대답이 불만인가 보다.

"옆에 나란히 앉은 게 아니었잖아."

그런 의미였나요.

집에서 식탁에 앉는 자리는 그렇게까지 엄밀히 고정된 게 아니다. 그래서 아야세 양과 나란히 앉는 일이 없는 건 아니었다. 그러나 키친에 서는 빈도가 높은 아야세 양과 아키코 씨가 싱크대와 가까운 자리에, 그 맞은편에 나랑 아버지가 앉는 일이 많다.

"나란히 앉아서. 때때로 어깨가 닿기도 하고."

"아니, 부딪히진 않잖아."

"부러워."

"신죠하고거든?"

"좋겠다아."

"나는, 어깨가 부딪힌다면 아야세 양이 좋다니까?"

"정말?"

정말, 말하면서, 가볍게 어깨를 톡 부딪힌다.

하루 종일 거의 대화할 시간조차 없었기 때문인지, 스킨십을 바라는 걸 짐작했다. 그렇지만, 이런 것은 어긋나면 문제가 되기도 한다. 세상의 연인들은 대체 어떻게 의사 확인을 하는 걸까?

나도 아야세 양도, 암묵의 룰이라는, 이른바 분위기를 읽는 계통의 일은 서투른 축이다. 팔라완 비치의 구름다리 위에서는 만난 기쁨 때문인지 그대로 끌어안아 버렸지만, 그 이후로는 그만큼 확실하게 아야세 양의 체온을 느낀 적이 없었다.

무섭기도 하다.

그러던 차에 아야세 양에게 살짝 속삭였다.

"끌어안아도 돼?"

나도 그 말을 하려고 생각했다며, 아야세 양이 매달리듯 내 품에 체중을 맡겼다. 예상 못한 타이밍에 무게가 실려서, 밸런스가 무너져 그대로 침대에 쓰러져 버렸다.

"위험하잖아."

말하면서 나는 아야세 양을 지탱하듯 팔을 둘렀다. 느껴지는 온기를 놓고 싶지 않기도 했다.

품에 얼굴을 묻은 아야세 양의 표정은 안 보인다. 그러나 어깨가 살짝 떨리는 것 같았다.

"무슨 일이야?"

물어보자, 파묻은 얼굴이 좌우로 흔들리기만 하고 아야세 양은 아무 말이 없었다. 그저, 매달리는 손의 힘이 아주 약간 늘어났다.

아야세 양의 등에 두른 내 팔에서 온기가 느껴졌다.

""따뜻해……""

둘이서 동시에 흘린 말이 완전히 같아서, 그것에 묘하게 감동해 버렸다. 아아, 지금, 그녀와 같은 마음이구나.

한편으로, 내 머리 한 구석에서 희미한 위화감도 느껴졌다.

만났을 무렵의, 「서로에게 간섭하지 않도록 하자」라며 거리를 두던 그녀를 떠올렸다.

아야세 사키는 이렇게나 스킨십을 바라는 인물이었던가?

그리고 나 또한, 이렇게나 맞닿은 상대를 놓고 싶지 않다고 생각하는 타입이었던가?

아야세 양의 팔이 내 등으로 둘러졌다.

나도 그녀를 두 팔로 끌어안았다.

초여름이 가까워서 약하게 해둔 온풍기의 바람이 아야세 양의 머리칼을 살짝 흔들었다. 온풍이라지만 목욕한 직후의 몸에 직접 닿는 건 안 좋겠어. 담요를 덮어주자, 아야세 양이 작은 목소리로 고마워했다.

끌어안은 부드러운 감촉에 편안함을 느끼고, 그대로 누

가 먼저인지도 알 수 없는 채 잠들어 버렸다.

●4월 20일 (화요일) 아야세 사키

　귀 안쪽에서 울리는, 거친 감촉의 소리의 파도.

　헤드폰에서 흘러 들어오는 것은, 오래된 아날로그 기록 매체에서 들리는 것 같은 조금 노이즈가 섞인 곡들이었다. 잡념을 밀어내고 눈앞의 문장에 나를 집중시켜준다.

　로우파이 힙합을 들으면서, 내가 지금 매달리고 있는 건 츠키노미야 여자대학의 과거 문제집이었다.

　"들어가기에 적절한 말을 골라라……."

　want와, desire…… 둘 중 하나란 말이지.

　둘 다 대략적으로는 「바란다」라는 의미지만, desire가 보다 강하게 바랄 때 쓰이는 거라고 기억했었다. want가 구어적으로 가벼운 쪽이다. 필요한 것이 부족하니까 필요하다, 같은 뉘앙스라고 하면 이해가 되려나? desire는 더욱 강하게 바랄 때 쓰인다. 성적으로 욕구한다는 의미가 더해지기도 하고. 그러고 보니, 오래된 일본의 팝에 고스란히 그런 타이틀의 곡이 있었지― 그게 아니라.

　나는 전후의 문장을 읽고 들어갈 단어를 골랐다.

　그리고 휴대전화의 시각을 확인했다.

　오후 7시 33분. 평소에는 저녁을 만들 시간이었다. 그러나 오늘은 타이치 새아버지가 저녁식사 당번인 날이니까 공부에 집중할 수 있다.

식사 준비는, 엄마가 없을 때는 되도록 내가 한다고 말했었다. 엄마랑 둘이 살 때는 그러는 수밖에 없었으니까. 그런데, 『수험생』이라는 것을 기치로 내세워서 줄여버리는 건 솔직히 말해서 조금 마음이 안 좋았다.

게다가 오늘은 일부러 그걸 위해 일찍 일을 마치고 돌아와 준다고 하니까 송구한 마음이 가득하다. 그러나 동시에, 도움이 된다고 생각해버리는 자신이 있다. 이 정도를 양립 못하는 거냐는 안타까움도 느껴 버린다.

그런데 아무래도 좋은 이야기지만, 카마쿠라 시대쯤부터 관군의 표식으로 깔끔하게 색을 입힌 비단 직물을 사용한 깃발을 사용했다. 다른 나라들에서도 깃발은 여러 집단의 상징으로 사용됐고, 요컨대 이 경우에 기치로 내세운다는 말은 대의명분으로 삼는다는 것이다. 뭐, 일상에서 이렇게까지 해설해야 할 일은 없을 거야. 나도 역사를 공부할 때 나오지 않았으면 기억 못했는걸. 아사무라 군은, 때때로 일상어에 속담이나 고사성어를 평범하게 섞어 쓰지만.

그는 지식에 조금 매니악한 면이 있어…….

"아차, 안 되지. 계속 해야 돼—."

괜한 잡념을 다시 로우파이 힙합으로 쫓아냈다. 그리고 입 안이 마른 것을 깨달았다. 조금 적시려고 홍차를 찾아 컵을 기울였지만, 입 안에 아무것도 안 들어온다. 어느새 비어 있었다.

그렇게 기어이 집중력이 끊어져 버렸다.

조금 휴식하자.

의자에서 내려와, 천장을 향해 쭈욱 기지개를 켰다. 가볍게 체조를 하고서 나는 의자에 다시 앉았다. 과거문제가 실려 있는 문제집을 멍하니 바라보았다. 내가 치려고 생각하는 대학의.

문득, 요미우리 선배가 어제 말했던 취직 이야기를 떠올렸다.

스마트폰을 손에 들고, 츠키노미야 여대 졸업생의 진로에 대해 조사해봤다.

"츠키노미야 여자 대학, 졸업 뒤의 진로."

검색 창에 그럴 듯한 키워드를 치고 체크하다가, 대학의 공식 홈페이지를 발견했다. 졸업 뒤의 진로에 대해 실려 있었다.

2할 정도가 대학원으로 진학, 2할 정도가 교직, 나머지가 공무원이나 일반 기업…… 뭐, 그런 느낌이구나. 더 자세히 실려 있는 사이트도 발견했지만, 학부에 따른 차이는 다소 있어도 커다란 비율은 변함이 없나 보네.

"대학원에 진학하는 사람이 1할에서 2할이구나……."

조사해본 바에 따르면 여자들의 평균이 5~6% 정도니까, 다른 대학과 비교하면 비율이 높은 모양이다.

학구열이 높은 학생이 많다는 걸까? 오픈 캠퍼스에서 만난 쿠도 준교수의 얼굴이 뇌리를 스쳤다.

"그 사람이 회사에서 일하는 걸 상상할 수가 없어."

아니, 지금은 쿠도 선생님에 대해 생각할 때가 아니야.

그걸 말하자면, 나는 어떤 회사든지 고용되지 못할 거야.

취직이라.

대학 졸업 뒤의 진로 같은 건 솔직히 말해 아직 감이 안 온다. 집을 나서서 자립하려고 했으니까, 어딘가의 기업에서 일을 해야 한다고 생각한다. 하지만, 일을 한다면 어떤 곳이 좋은 걸까?

공무원? 아니면 일반 기업의 회사원?

일반 기업……이란 건 뭐지?

일반이라고 적혀 있지만, 도무지 모르겠어. 커다란 구분이 아니라, 더 구체적으로 알고 싶었다.

더욱이 세세하게 추적해 보자, 취직할 법한 기업 이름이 실려 있는 사이트를 발견했다.

그러니까. 식품 관련 기업, IT계열, 출판, 광고 대리점, 외자계의 경영 컨설턴트, 은행, 증권회사……, 졸업생의 취직처로는 누구나 알 법한 이름 있는 기업의 이름이 열거되어 있었다. 대학의 선전을 위해서이기도 하겠지만, 이름 있는 국립대학이라 그런지 고연봉의 기업에 대한 취직을 실현한 사람이 꽤 많은 것 같아.

뭐, 취직을 고르는 이유가 수입인지 아닌지는 본인에게 물어보기 전에는 모르겠지만, 내 관심은 거기 있단 말이지.

그러면, 대학원을 졸업한 경우는 어떨까?

그쪽은 그대로 전문직으로 진출하는 사람들의 인터뷰 기사를 발견할 수 있었다. 쿠도 준교수처럼 대학에 남아 연구의 길로 나아간 사람도 있고, 임상심리사가 된 사람, 의료계 엔지니어가 된 사람 등, 이쪽도 이쪽대로 다양하다. 인생의 길이 다양하다는 것에 현기증이 날 것 같아.

어, 다들 어떻게 자기한테 맞는 기업을 발견한 거야?

"아, 이런 사람도 있구나."

인터뷰 기사 안에서 「디자이너」라는 사람을 발견했다.

머리 안쪽을 밝은 색으로 물들인 보브컷의 여성 사진이 실려 있었다.

겨자색 재킷 안쪽에 검은 니트. 가느다란 실버 목걸이, 귀에는 비대칭 이어링.

멋지다, 라고 생각했다.

이런 건, 어디서 파는 걸까?

……그녀의 패션에 대해서는 일단 제쳐두자.

계속 읽어보자, 그녀의 전공은 심리학이었다고 한다.

심리학에서 디자이너로?

전혀 다른 분야 같은데.

디자이너라면 보통은 미술쪽 학교 출신 아닐까 생각했으

니까, 뜻밖이었다.

애당초, 그녀는 일상생활에서 스트레스와 색채의 관계에 흥미가 있었다고 한다. 거기서부터 마음을 치유하는 디자인에 대해 연구를 진행하고, 입는 옷이 인간에게 끼치는 심리적인 효과에 대해 생각하기 시작했다.

마음에 드는 옷을 입으면 기분이 업된다. 그런 느낌, 일까?

그리고 본래 패션에 흥미가 있었던 것이 도움이 되어, 스스로 옷의 디자인까지 하게 되었다고 적혀 있었다.

전공하고는 다른 분야에 발을 들이다니 용기가 있다. 나는 이런 게 가능할까?

나도 자신의 외견을 무장으로 의식하면서 패션은 일상적으로 체크하고 있으며, 습성이 되어 버리기도 했다.

거리를 걸으면서 브랜드샵을 발견하면 쇼윈도를 반드시 들여다보고, 스치는 사람들의 복장은 신발부터 머리 모양까지 머릿속에 새겨두고 있었다. 별난 코디네이트를 발견하면 패션 잡지를 뒤져보고, 어느 조합을 참고했는지 생각한다.

그런 식으로 복장에 대해서라면 조금 생각한 적도 있다.

아까 전에도 무의식적으로, 이 사람의 사진을 보고 일단 옷과 액세서리의 조합에 대해 눈길이 가버렸다.

그래도 진로로서 생각한 적은 없었다. 내가 가진 패션에 대한 지식은, 초보자보다 조금 나은 정도라고 생각하니까.

하물며 디자인이라니.

이 사람은, 그렇게 분야가 다른 부분에 파고들 용기를 어디서 받은 걸까?

이런 생각을 하다 보니 타이치 새아버지가 내 이름을 불렀다. 퍼뜩 고개를 들었다.

저녁 식사가 다 된 모양이다. 시계를 보자 8시에 가까웠다.

대답을 하고 부엌으로 이어지는 문을 열었다. 그릇을 놓기 시작하는 참이라 황급히 도왔다. 그 정도는 하게 해주세요.

밥을 담고 있는데 아사무라 군도 마침 알바에서 돌아왔다.

"잘 먹겠습니다."

우리들 세 명— 나랑 아사무라 군과 타이치 새아버지는 저녁 식사를 시작했다.

테이블 중앙에는 이 집에서 가장 커다란 그릇에 담긴 돼지고기와 야채볶음. 각자의 자리에는 밥과 된장국뿐이다. 심플하다.

따로 준비한 젓가락을 써서 내 앞의 작은 그릇에 야채볶음을 담는다(지금이라면 이제 신경 쓰지 않지만, 내가 이 집에 처음 왔을 때 직접 젓가락을 대는 걸 피했던 것을 타이치 새아버지가 기억해준 것이다). 고기는 조금 적지만 그거면 된다.

야채는 기본적으로 세 종류. 배추의 녹색, 당근의 적색, 숙주나물의 흰색(이라기보다 노란색?)이 깔끔한 색이라 식욕을 돋운다. 내 젓가락으로 바꿔 들고 야채를 집어 입으로 옮겼다. 살짝 입가에 열이 느껴진다. 방금 만든 것의 좋은 점이지. 따스함이 남아 있지만, 열이라고 할 정도는 아닌 것도 기쁘다.

양배추를 씹었을 때 아삭한 식감을 느꼈다— 응, 맛있어. 야채는 너무 볶으면 숨이 완전히 죽으면서 촉촉함이 사라져 버린다. 적당히 잘 볶았어.

우물우물 입 안에서 씹는 것을 반복하고 목 안쪽으로 보냈다.

내가 하는 간하고는 당연히 다르다. 소금과 후추와…… 그리고 뭔가 조금 중화의 야채볶음 같은데— 참기름일까? 아주 약간 섞은 것 같아. 참고삼은 레시피에 실려 있었을까? 아니면 엄마한테 들었을까? 지금 막 만들어서 아직 온기가 남은 야채볶음은 참 맛있게 느껴졌다.

친아버지는 이렇게 나를 위해 식사를 만들어주는 일이 한 번도 없었다.

"어떠니?"

타이치 새아버지가 조심조심하는 느낌으로 물었다.

"조금만 더 간을 싱겁게 해도 좋을 것 같아."

곧장 아사무라 군이 솔직한 감상을 말했다.

그건 그렇다. 지금 이 정도 간이면 식사를 마칠 무렵에 목이 마를지도 몰라. 하지만, 맛을 볼 때 부족하게 느껴지는 것도 이해된다.

"맛있어요. 배추도 아삭한 느낌이 남아 있고."

"그래! 응, 그건 아키코 씨가 가르쳐준 게 있어서 조금 신경 써봤지."

역시 엄마구나.

그렇다면, 참기름도 엄마의 조언일까? 평소 만들 때는 안 넣으니까 뜻밖이긴 하다. 보통은 맛을 더할 때 치킨 스톡일 경우가 많으니까. 아주 약간만 넣으면 맛에 깊이가 생긴다. 내 경우는 굴소스를 한 방울 넣는 걸 좋아한다.

그렇지만 역시 엄마야. 조언도 적절해.

거기에 소금 간. 이건 익숙해지는 수밖에 없을 것 같아.

그렇지만, 염분과다도 건강에는 안 좋다. 지치면 간도 세지기 쉽다. 하지만 간이 센 요리는 위장에 부담이 생긴다.

고민한 끝에 간 맞추는 것에 대해 아주 약간만 말해봤다.

아사무라 군의 솔직한 감상을 떠올리고, 이럴 때 사양하게 되어 버리는 건 의붓 부녀이기 때문일지도 모른다고 생각했다.

설거지를 싱크대로 가져가고 오늘은 내가 먼저 목욕을 하게 됐다.

갈아입을 옷을 가지고 욕실로 간다. 재빨리 벗고 가볍게 샤워를 한 다음 욕조에 들어간다. 따뜻한 물에 잠기면서, 방금 전 타이치 새아버지에게 보낸 조언 같은 한 마디를 멍하니 돌이켜 보았다.

그건 아사무라 군의 발언을 부정하는 의미가 되어 버린 게 아닐까? 부정이라기보다는 그냥 커버한 거고, 아사무라 군도 딱히 그걸 신경 쓰지는 않을 거야. 그렇겠지만―. 오늘도 아사무라 군이랑 거의 대화를 못했기 때문일까? 그가 어떻게 생각하는지 알 수 없는 게 무섭다.

"너무, 신경 쓰는 걸까?"

조용히 목소리가 흘러나와 버린다. 이마에서 미끄러진 물방울이 수면에 떨어진다.

한 번 신경 쓰기 시작하면 내 마음의 꾸물거리는 응어리는 최근에 점점 더 커지기만 하고 사라질 줄을 모른다. 목욕을 마친 다음에도, 내일 수업의 예습을 해도, 패션 잡지를 보고 있어도 사라질 줄 몰라서, 어쩔 수 없이 나는 겉옷을 걸치고 아사무라 군의 방 문을 두드렸다.

등 뒤의 부엌은 이미 불이 꺼져 있어서 수면등의 희미한 빛만 어렴풋이 주변을 비추고 있었다. 채도가 떨어진 복도 안에서 아사무라 군이 있는 방의 하얀 문만 사각형으로 오려낸 것처럼 보였다.

대답을 기다리고 문을 살짝 열어 재빨리 미끄러져 들어간다.

손을 뒤로 돌려서 문을 잠갔다. 부모에게 숨기는 일이 있을 때의 마음에 묵직한 돌이 올라간 것 같은 죄책감이 끓어오르지만, 그것도 눈앞에서 아사무라 군의 얼굴을 보자 안도의 숨결과 함께 토해내 버렸다.

이제 자려는 참이었는지, 아사무라 군은 침대에 앉아 있었다.

"저기, 말야. 딱히 용건이 있는 건 아닌데……."

그 옆에 눈으로 양해를 구한 다음 나는 앉았다.

솔직하게 말해봤다.

"오늘도 하루 종일 거의 대화할 시간이 없었잖아."

"그럼, 잠깐 얘기할까?"

아사무라 군이 그렇게 말해줘서, 나는 오늘 있었던 일을 하나둘 그에게 말하기 시작했다. 그도 그에 응답하여 하루의 일을 이야기해 주었다. 방금 전 저녁 식사 때의 일 따위 신경 쓰지 않는 것 같았다. 다행이야.

아사무라 군은, 어쩌다가 점심 때 만난 친구 신죠와 안뜰의 벤치에서 점심을 먹었다는 이야기도 해주었다. 신죠는 작년까지 나랑 같은 반이었는데, 올해는 나하고도 아사무라 군하고도 다른 반이다. 작년 이상으로 접점이 사라졌으니까 완전히 잊고 있었는데, 아사무라 군이나 마루하고 사이가 좋았었지.

같이 점심을 먹었구나. 그렇구나.

"좋겠다."

무심코 생각한 것을 말해버렸다. 그랬더니 저녁 식사는 같이 먹었다는 지적을 당했다. 그렇긴 한데.

"옆에 나란히 앉은 게 아니었잖아."

저녁을 만드는 날은 키친을 왕복하는 일이 많아서, 자연스럽게 엄마랑 내가 키친 쪽에 앉는 일이 많아진다. 주말처럼 엄마가 식사를 만들 때나, 가끔 배려를 해서 타이치 새아버지와 엄마가 나란히 앉도록 해주는 때도 있으니까 (일단 두 사람은 신혼부부니까), 나랑 아사무라 군도 뜻밖에 나란히 앉는 일이 많았다.

나란히 함께.

서로 맞닿을 거리에서.

그게 중요하다. 부럽다. 그렇게 말하자, 어깨가 닿을 거라면 내가 더 좋다고 말해주니까, 무심코 장난기가 동해서 톡하고 어깨를 부딪혀봤다.

어리광이라는 건 알고 있었다.

사실은 그의 마음이 멀어져 버린 것 아닐까, 확인하고 싶은 마음이 든 것뿐이다. 간격 조정을 하고서 허그를 제안하려고 했더니 그 타이밍에 「끌어안아도 돼?」라고 귓가에서 속삭여 나는 무심코 그에게 매달려 버렸다.

밸런스가 무너진 아사무라 군은 침대에 쓰러져 버렸지만, 내가 넘어지지 않도록 단단히 지탱해 주었다. 그대로 팔을 등 뒤에 둘러 끌어안아준다. 꾹 밀어붙인 몸을 통해서 온기가 전해진다. 무심코 숨을 내쉬어 버렸다. 꾸물꾸물하는 마음의 응어리가 사라져간다. 안도감을 느끼자마자 그대로 졸음이 쏟아져서……

퍼뜩 눈을 떴을 때 내 눈에 들어온 것은, 창밖으로 동트기 전의 희미하게 하얀 남색 하늘의 색— 아뿔싸. 자버렸어!

사고 쳤다. 그걸 깨닫고 식은땀이 흘렀다.

실링글라이드의 하얀 불빛을 올려다보았다. 그리고 얼굴을 옆으로 돌려 내 바로 옆에서 새근새근 잠든 아사무라 군의 얼굴을 보았다. 그를 끌어안은 채, 그만 무심코 잠들어 버렸다. 대체 어느 정도나 잤지? 고개를 돌려 머리맡으로 시선을 보냈다. 시계가 있어. 05:12. 5시를 조금 넘었다. 벌써 이른 아침이다.

황급히 자고 있는 아사무라 군에게서 몸을 떼어내려다가 퍼뜩 생각했다.

깨워버리는 거 아닐까?

얼굴을 살펴보자, 눈꺼풀을 닫고 규칙적으로 호흡을 반복하고 있었다. 푹 잠들어 있어.

몸을 살살 떼어내고, 허리부터 다리를 돌려 플로어링 바닥에 발바닥을 붙였다. 양말을 통해 느껴지는 차가운 바닥. 타이머를 세팅해 뒀는지, 온풍기는 멈춰 있었다.

두 팔로 끌어안아 몸의 떨림을 멈추었다. 빠져나간 다음에 이불을 아사무라 군에게 다시 덮어준 다음, 일어서서 소리를 내지 않도록 조심하며 문으로 갔다.

그건 그렇고, 완전히 방심하고 있었다. 떨어져 있던 시간이 길었기 때문일 거야. 오랜만에 느낀 그의 온기가 너무 편안해서, 단숨에 졸음이 몰려오고 말았다. 조금 무리해서 밤늦게까지 공부를 한 탓일지도 몰라.

이런 걸 누가— 부모님이 보게 된다면.

방의 문을 잠가놓길 잘했어. 부모님들이 의미도 없이 나나 아사무라 군의 방을 엿보지는 않겠지만, 그래도 「어쩌면 둘이서 방에 있는 것을 짐작해버리지 않을까?」하고 불안해서 두근거린다.

문에 귀를 대고서, 복도에서 소리가 전혀 안 들리는 걸 확인하고 조용히 문을 열었다.

끼익. 희미하게 경첩이 울려서 심장이 뛰었다.

괘, 괜, 찮겠지?

좌우로 시선을 보냈다. 좋아. 복도에는 아무도 없어.

하아. 한숨을 쉬고서, 나는 내 방으로 돌아가고자 했다. 그 타이밍에 목이 마르다는 걸 깨달았다. 너무 긴장을 한 탓일까? 아니, 그게 아니라, 이건 방금 일어나서 그래. 몸이 수분을 바라고 있다.

냉장고에 보리차가 있었지.

키친으로 갔다.

복도에서 리빙 & 부엌으로 이어지는 문을 열자, 그 너머에—.

"어머. 이런 시간에 희한하네."

"엄—."

무심코 소리를 흘릴 뻔했다.

의자에 앉은 엄마가 고개만 이쪽으로 돌리고 있었다.

"응?"

"아, 응. 조금 어중간한 시간에 잠들어서. 그래서 빨리 눈이 떠졌나 봐."

엄마는 아직 일에서 막 돌아온 차림이었다. 립스틱도 안 지웠어.

그러면 혹시.

"지금, 돌아왔어?"

"그래."

벌써 5시가 넘었고, 첫차도 움직이기 시작할 시간이었다. 밤늦게 돌아온다고 해도 너무 늦지 않나?

"언제나, 이런 시간이었어?"

"이것도 오늘은 이른 편이야. 돌아오는 게, 다들 나간 다음이 되는 일도 많지."

이야기를 듣다 보니, 오늘은 내일 준비까지는 안 하고 일찍 돌아가도 된다고 점장님이 말해서 돌아왔다고 한다. 화요일부터 수요일까지. 그렇다면 1주일 중에서 그럭저럭 손님이 적은 날이라, 그렇게까지 바쁘지는 않았다는 걸까?

"그렇게나 늦는구나……."

"사키가 어렸을 때는 그래도 아침식사 전까지는 돌아오도록 했었으니까."

내가 바쁜 엄마를 보다 못해 식사 준비를 돕기 시작한 것이 초등학교 5학년 때부터였다. 가정과 시간에 감자를 쪘다. 그때 선생님이 솜씨가 좋다고 칭찬해준 걸 기억한다. 그것에는 이유가 있었다. 학교의 가정과에서 조리를 시작하기 얼마 전에 어쩌다가 엄마한테 배웠으니까.

다만, 그것이 계기가 되었다. 사람은 칭찬을 받으면 할 수 있다는 자신을 얻는 법이다. 나는 조리에 자신을 얻어서, 엄마를 도와야겠다고 생각하게 됐다.

중학교부터는 도시락을 가져가야 했다. 바쁜 엄마한테 도시락의 수고를 끼칠 수 없었으니까, 입학하기 전에 간단한 요리를 할 수 있을 정도가 되어 있었다. 기름을 사용한 튀김은 아무래도 초등학교 때는 시켜주지 않았지만.

그래도 엄마는 중학교 처음 무렵에는 아침 식사를 만들어줬고, 도시락도 들려주었다. 아버지랑 이혼이 성립됐을 무렵이니까, 제일 생활이 어려웠던 시절이었을 텐데.

"하지만, 괜찮아? 몸은 안 망가져?"

"지금은 쉬고 싶을 때 쉴 수 있잖아."

타이치 새아버지가 있으니까. 전에도 그렇게 말했었지.

그러나 그 새아버지도 연일 심야 귀가를 하고 있다.

"어째서, 그렇게 일할 수 있어?"

나로서는 애당초 심야에 일한다. 아니 일을 한다는 것만 해도 참 큰일이라고 생각하니까 그렇게 물어본 건데, 엄마의 대답은—.

"그렇게까지는 일을 안 하는데?"

"이런 시간에 돌아오면서?"

"출근 시간이 늦은 것뿐이지 노동 시간은 평범한걸. 그냥 늦게 출근해서 늦게 퇴근하는 게 되는 거야. 하지만 심야 수당도 나오고. 그렇게 블랙으로 일하고 있는 건 아니지."

담담하게 대답했다.

단순한 노동 시간은 같아도 야근은 그만큼 체력을 소모한다고 들었는데. 내 「큰일」은 엄마에게 「평범」인 모양인지, 「노동은 그렇게까지 자기 몸과 시간을 깎아내야 하는 거야?」라는 뉘앙스가 전달되지 않는 것 같았다.

"그리고 이 다음에 느긋하게 홍차를 마시고, 느긋하게 목욕을 하고, 푹 잘 수 있거든."

타이치 새아버지도 그렇지만, 엄마도 나한테는 워커 홀릭으로 보인다.

"무리는 하지 마."

"고마워. 그럴게."

"응. 그리고 홍차?"

"아, 내가 탈게."

"하지만, 이상한 시간에 깨버렸으니까, 나도 금방 잠들기 어려울 것 같아. 앉아 있어."

내가 그렇게 말하자 엄마는 묵묵히 부엌의 의자에서 일으키던 몸을 내렸다.

전기 주전자의 스위치를 켜고, 물이 끓을 때까지의 시간을 써서 찻잎을 준비했다.

그렇지만, 이런 시간에 찬장의 식기를 뒤지는 소리가 크게 울릴 것 같아서 간편하게 탈 수 있는 티백으로 했다. 물론 디카페인으로. 찰칵 소리가 나고 주전자의 스위치가 꺼졌다. 끓은 물을, 티백을 넣은 컵에 따랐다.

"설탕은?"

"자기 전이니까 이거면 돼."

이거, 라고 말하면서 컵을 들었다.

나도 엄마를 따라 스트레이트 티로 했다. 엄마 앞에 앉았다.

찻잔을 들고 얼굴에 가까이 가져간다.

김에 섞여서 피어오르는 홍차의 향이 코를 건드린다.

"좋은 향이네."

그 말에 고개를 들자, 엄마도 나랑 같은 포즈로 향을 즐기고 있었다.

그리고 내 동작은 분명히 엄마를 보고 자랐으니까 옮아 버린 거겠지. 때때로 — 젓가락 드는 법뿐 아니라, 여기저 기 헤매는 방식이나, 이렇게 컵을 들었을 때 팔꿈치를 괴 는 거라든가 — 그런 사소한 부분에서 엄마랑 같은 동작을 해버리는 자신을 깨닫는 경우가 있다. 그만큼 영향을 받았 다는 것이다.

그러나 나는 엄마의 일에 대해 아무것도 모른다.

"있지, 엄마."

내 부름에 엄마는 홍차에 내리고 있던 시선을 들었다.

뭐니? 하는 표정으로 엄마가 나를 보았다.

나는 어렴풋이 생각하고 있던 「일한다」는 것에 대해서, 어떻게 물어보면 좋을까 고민한 끝에 결국 스트레이트하 게 물어보기로 했다.

"바텐더 일은 힘들어? 왜, 지금 일을 계속할 수 있어?"

"힘들지 않은 일은 없다고 생각하는데……."

그렇게 말하고, 엄마는 한순간만 눈을 깔았다. 컵 안에 서 대답을 찾는 것처럼 시선을 내린 다음에 나를 보았다.

"다들 자고 있는 시간에 일을 한다— 그런 일은 바텐더 만 있는 게 아니잖니. 에도 시대라면 모를까, 지금의 도시 는 24시간 움직이고 있잖아?"

"편의점 같은 곳?"

너무 단순하다고 생각하지만, 예상대로 내 말에 엄마가

키득 웃었다.

"그것만이 아니지. 예를 들어서 이 홍차도."

컵을 살짝 들었다.

"물을 끓이고 불빛이 들어오는 방에서 우리가 마시고 있어. 수도도 전기도 밤이라고 쓰지 않는 게 아니잖아. 끊어지지 않도록 열심히 지켜보는 사람이 있어. 누군가가 어디선가 밤에도 일을 하니까, 우리는 아무 걱정 없이 이렇게 불을 켜고 물을 끓여서 차를 마실 수 있는 거야."

"그건…… 분명 그래."

"밤에 열차나 차를 몰고 짐을 운반해주는 사람이 있어. 밤에 창고나 빌딩을 지켜봐 주는 사람이 있어. 밤에 도로나 선로를 고쳐주는 사람이 있어. 그래서 우리들의 삶이 이어지고 있어."

대부분의 사람들이 잠든 도시 안에서 잠들지 않고 일하는 사람들이 있다.

분명히 비율은 높지 않다. 하지만, 사회의 인프라 스트럭처는 그런 사람들이 일을 하니까 성립된다.

"기억 안 날 거라고 생각하지만, 네가 두 살 때 한밤중에 열이 난 적 있었어."

"어. 모르는 일인데."

진심으로 놀랐지만, 엄마는 당연하지 하면서 기막혀 했다.

"두 살 때거든? 기억하고 있으면 굉장한 일이지. 그래서 말이야. 나도 애를 키우는 건 처음이었으니까. 밤에 환자를 받아주는 의사를 찾았어."

차를 몰고 달려가긴 했지만, 그 무렵에는 이미 열이 내리기 시작해서 접수를 받아준 의사 선생님한테 꾸벅꾸벅 사과를 했다. 그래도 그때 의사 선생님은 싫은 표정 하나 없이 대응해 줬다고 한다.

"그 무렵은 그 사람도 함께 당황해서, 따라와 줬었지……."

홍차를 입에 머금고 마치 찻잎이 씁쓸한 것처럼 표정을 찌푸렸다.

"그랬구나……."

"하지만 뭐, 생활 리듬이 다른 일은 힘들긴 힘들어. 밤과 낮을 뒤집어서 살다 보면, 호르몬 밸런스가 무너지기 쉬워서 언제나 몸 상태가 미묘하게 안 좋거나 하거든. 생리주기도 흐트러지고."

"아, 그런 건 역시 있구나."

"그러니까 밤늦게까지 깨어 있는 건 엄금. 너도, 너무 늦게까지 공부하면 안 돼."

"……보통, 수험생은 더 공부를 하라고 하지 않아?"

"몸이 망가지게 되면, 기껏 익힌 실력을 발휘 못할 지도 모르잖아. 그게 더 난처하다고 생각하는데?"

정론입니다…….

키득 웃고, 엄마가 말을 이었다.

"그리고 내가 일하는 가게가 있는 부근은, 결코 치안이 좋은 장소라고 말할 수는 없을까. 나쁘다, 라고 할 정도는 아니지만."

엄마가 일하는 가게는 시부야의 번화가 구석에 있다. 큰 길에서 골목 하나 안쪽으로 들어간 곳에 있으니까, 안심되고 안전한 지역이라고 할 수는 없을 거야.

주정뱅이들끼리 싸움이 일어나기도 하고, 소매치기나 좀도둑의 피해도 가끔 있다고 한다. 걸어서 몇 분 거리에 있는 클럽에서는, 약물 중독자를 잡기 위해 경찰이 쳐들어가거나…… 그런 일도 있었다고 한다.

눈썹을 찌푸려 버렸다. 어쩐지 조금 무서운 곳이야.

그런 지역에 있다지만, 엄마가 일하는 가게는 극히 평범한 바이며 엄마는 그 가게의 바텐더로 일하고 있다.

"그런데 사키는 바텐더가 어떤 일인지, 애당초 알고 있니?"

"영화 같은 데서나 본 거지만…… 카운터 안쪽에 있으면서 술을 내주는 사람?"

그렇게 말하자 쓴웃음을 지어 버렸다.

"뭐, 크게 틀린 건 아니네. 기본은 손님 상대를 하면서 술— 칵테일을 만들어 내주는 게 일인데."

어쩐지 멍하니 그런 풍경은 영화나 영상으로 본 적이 있다.

엄마 눈앞에서, 통 같은 것을 양손으로 들고 위아래로 흔드는 시늉을 해봤다.

"이렇게, 해서."

말하면서 엄마는 익숙한 손놀림으로 공중에서 쉐이크를 해주었다. 뭐가 다른 건지 말할 수는 없지만, 다르다는 건 알겠어. 나는 단순하게 위아래로 흔들기만 했지만, 엄마는 팔 자체를 움직여서 조금 스냅을 주어 통의 끝 부분이 호를 그리도록 하는 느낌.

"어려워 보여."

"그야, 경험 없는 사람이 곧장 흉내 낼 수 있어선 일이라고 못하잖아. 일일이 보면서 만들 수도 없으니까. 몇 갠가 있는 칵테일 레시피도 기억해야 하고, 쉐이커 같은 여러 가지 도구 사용법도 익힐 필요가 있어."

"배울 게 많네."

"일하는 도구 사용법을 배우는 건, 어떤 일이든 마찬가지잖아."

"회사에서 일을 하는 거라도?"

"나, 컴퓨터 못 쓰거든?"

"알고 있어."

엄마는 휴대전화의 스케줄 관리 소프트마저도, 내가 가르쳐줄 때까지 제대로 못 쓰던 사람이었다.

"음식점에 있는 일은 전부 바에도 있다고 생각하면 되려나. 접객, 급사, 회계, 재고관리……. 하지만, 사키가 하는 알바도 급사 말고는 전부 다 있지?"

"아, 응."

분명히 그렇다. 접객도 회계도 선반 정리도 한다. 일을 시작한지 1년도 안 됐으니까 책의 발주 같은 일은 한 적이 없지만. 그러고 보니 요미우리 선배는, 뭘 몇 권 부탁한다, 같은 일도 한다고 들었어. 가끔 아사무라 군한테 『이거, 몇 권 주문하는 게 좋을까?』라고 물어본다. 그것에 구체적인 숫자를 대답할 수 있는 아사무라 군도 굉장하다고 생각하지만.

주문한 권수가 들어와서, 그것을 반품 기간 아슬아슬할 때 다 팔면 둘이서 승리 포즈를 하기도 한다. 그걸 같이 못 해서 조금 분해.

"뭐, 일의 내용은 그런 느낌이야."

"힘든 건?"

"신경 써야 하는 건 역시 접객이지. 손님이 오길 잘했다고 생각해주면 좋겠으니까. 그렇게 생각하는 게 단골이 되는데 필요하다고 생각하고."

하지만. 그렇게 말하더니 테이블에 팔꿈치를 짚고, 양손으로 턱을 지탱하며 한숨을 쉬었다.

"『그런』 가게가 아닌데 성희롱을 하려는 손님을, 화나지 않게 처리해야 할 때는 힘들다 싶어."

"성희롱……."

"뭐, 말로 놀리는 것 정도는 이제 와서 신경 안 쓰지만—

있단 말이지. 가~끔. 만지려고 한다거나.”

듣기만 해도 무심코 울컥해 버린다.

“날려 버리거나 경찰 부르자.”

엄마를 만지려는 놈들은, 생각만 해도 아이스픽으로 손에 구멍을 뚫어버리고 싶어진다. 무슨 짓을 하는 거야.

그런데 엄마가 쓴웃음을 지으면서 「그건 하고 싶지 않네」라고 말했다.

“못하는 게 아니라, 하고 싶지 않아.”

홍차는 어느새 식어 있었다.

양손으로 컵을 감싸면서 나는 남은 호박색의 액체를 홀짝홀짝 마셨다.

나는 아마도 뚱한 표정을 짓고 있을 거야.

엄마는 「화내줘서 고마워」라고 했다.

“하지만. 내 생각에……. 나는, 그다지 인간이라는 것을 고상하다고 생각하질 않는 거야.”

엄마가 뭔가 굉장한 단어를 썼다.

“고, 고상?”

“그렇네…….”

천장을 바라보면서 엄마가 말을 찾았다.

“총명하다? 영리하다? 뭐든지 좋은데. 물론 인간이 글러 먹은 생물이라고 말하는 게 아냐. 기대를 받을 만큼 언제나 훌륭하게 있을 수 없다는 것뿐이지."

"그게⋯⋯."

—무슨 뜻이지?

"그러니까, 인간의 내면은 기본적으로 참 하잘것없는 것이고, 그렇지만 모두 이성적으로 제대로 살아가는 것을 사회에서 기대 받고 있지."

"그야 다들 이성을 잃고 살아가려고 하면 곤란하잖아."

그렇게 되지 않을 거라 믿고 싶다. 밤에도 수도에서 물이 나오고 물을 끓일 수 있는 사회에 살고 싶으니까, 나는.

"이성만으로 살아가는 건 무리가 있다고 생각하거든. 사람도 짐승이라는 거지. 그러니까, 어딘가에서 하잘것없는 자신을 해방하고 발산을 해야지, 그 무리가 점점 쌓여서, 점점 불행해지는 거야."

스트레스가 쌓인 인간이 일으키게 되는 일— 가족관계를 악화시키거나, 직장에서 거칠어지거나, 그런 걸 말하는 걸까?

"하지만 허가 없이 만지다니, 짐승도 그런 짐승이 없다고 생각해."

"그건 견해에 따라 다르지."

그렇게 말하고 또 쓴웃음.

그리고 엄마는, 자기 해방의 방식이 잘못된 손님을 「능숙하게 처리하는」 것에 긍지 같은 것을 가지고 있다고 말했다.

사회성을 유지하기 위해 발생하는 스트레스를 발산하는

방법은 사람에 따라 다양하며, 노래방에서 큰 소리를 내는 사람, 버추얼 게임에서 사람을 마구 쏴대는 사람, 스포츠로 땀을 흘리는 사람, 가족에게 불평을 말하는 걸로 해소하는 사람—.

그리고 술을 마시고 발산하는 사람.

바에 와서 술을 마시는 손님도 다 같지 않다. 마지막까지 이성을 잃지 않고 술 맛을 즐기는 사람이 있는가 하면, 「취하기 위해서 왔다」는 사람도 있다. 바는 술을 마시는 모든 사람을 위해서 열고 있다. 자신은 그렇게 생각한다고 엄마가 말했다.

"물론 이건 나 개인의 가치관이지만."

"으음……. 납득이 안 되는데."

"가게의 방침에 따라 다르기도 해. 엉키기 시작하면 즉시 쫓아내는 가게도 없는 건 아냐."

"그런 가게가 나는 더 안심이 돼."

"하지만 생각해봐, 사키. 바에서 바보가 되는 걸로, 그 손님은 어쩌면 집에서 가족에게 성질내지 않고 넘어갈 수 있을지도 몰라. 가족의 인연 하나를 지킬 수 있다— 그렇게 생각하면, 참으로 보람 있는 일이라고 생각지 않니?"

가족의 인연을 지킨다—.

"그건……."

무슨 말인지 이해는 했다. 그래도 나로서는 무심코 생각해 버린다.

얄궂게도, 가족의 인연을 지킨다는 바텐더의 일을 시작한 것이 계기가 되어, 아버지와 엄마는 헤어지게 됐다.

아니…… 반대일지도 모른다.

그런 일이 있었으니까, 엄마는 지금의 일에서 보람을 찾아낸 걸지도.

홍차가 들어 있는 컵을 손에 들고, 엄마는 내 앞에서 부드럽게 미소를 지었다.

그 표정에는 무리를 하고 있다는 느낌은 들지 않아서, 엄마가 지금 일에 충실감을 느끼고 있다는 것은 분명하다고 생각했다.

"하지만, 그런 섬세하다고 할지 미묘하다고 할지 하는 게 귀찮다고 할까? 그런 접객은 어렵지?"

내 말을 열심히 찾은 말투에 엄마가 웃었다.

"사키의 경우는 마지막이 진심이구나."

그야 주정뱅이는 싫은걸.

"후후. 물론, 간단하다고는 못하지. 잘 흘리지 못하고, 이건 안 돼, 라는 라인을 넘게 해버리면, 결국은 손님도 난처해. 나도 난처해. 가게도 난처해. 아무도 좋은 일이 없는걸."

하지만, 엄마는 손가락을 하나 세우고, 나에게 타이르듯 말했다.

"전부 해방하려는 손님을 쫓아내기보다, 억압된 기분을

발산했다, 라고 본인이 느낄 정도로, 그리고 치명적으로 사고를 치지 않도록 컨트롤한다……. 그 스킬을 높이고 실천할 수 있는 것에, 어떤 종류의 긍지를 가지고 있다, 라는 거지."

가게에 들어온 손님, 그것이 어떤 손님이라도 대응하고 싶다고 했다.

"칵테일을 만들어 제공하는 게 메인 업무지만. 보람을 느끼는 건 접객 쪽이야."

엄마가 그렇게 말하고 말을 마무리 지었다.

"나한테는 무리일 것 같아."

듣기만 해도 정신적으로 지쳐 버린다.

"어머. 고교생 무렵의 나도, 지금 일이 적성에 맞는 줄은 몰랐어."

의자에서 일어선 엄마는 다 마신 자기 컵뿐 아니라, 비어 있는 내 컵도 집어서 싱크대로 가져갔다. 집기 전에 손가락으로 컵을 콕콕 찌르며 「다 마셨지?」라고 물어보는 것도 잊지 않았다. 나는 반사적으로 고개를 끄덕이고, 그 다음에서야 드디어 내 컵이 빈 것을 깨달았다.

다시 말해서 엄마는 나보다도 내 컵 안을 관찰하고 있었다는 거다. 으음.

"조바심 안 내도 돼."

물로 컵을 씻어내면서 엄마가 말했다.

"자신이 뭐에 적성이 있는지는 사실 스스로도 잘 모르는 법이니까."

"그런, 걸까?"

"그래. 뜻밖에, 스스로는 대단치 않다고 생각한 게 남에게는 어렵고, 천직이었다, 같은 일이 흔히 있잖아."

"그런 일도 있는 걸까? 특기라고 생각할만한 게 떠오르질 않는데."

나는 자신에게 특별한 재능이 있다고 생각한 적이 없다. 그렇기에, 하다못해 학교 공부 정도는 잘 할 수 있도록 하자고 생각하는 거고.

"태어났을 때부터 가진 재능이 아니라, 자신이 평범하게 하고 있는 것으로 익히게 되는 것도 있거든? 돌이켜보면, 나는 옛날부터 친구들 상담을 받아주는 일이 많았단 말이지. 말을 걸기 쉬운 타입이라고 해야 할까?"

그렇겠죠.

엄마의 푸근한 미소를 보기만 해도 납득할 수 있다.

"의식한 적은 없었지만, 그 무렵부터 계속 나는 같은 일을 하고 있는 것 같아."

상담이라.

"사키도 친구에게 뭔가 부탁을 받는 일 하나둘쯤 있잖아?"

애당초 친구라고 부를 수 있는 존재가 마아야 말고는 금방 떠오르질 않는데.

뭐, 나의 교우 관계가 서투르다는 건 자각하고 있다. 번거로운 인간관계에 코스트를 할당할 정도라면 없는 게 낫다고 1학년 무렵의 나는 생각하고 있었다. 말로 해주지 않는 것까지 이해해 달라는 건 무모한 일이다. 그래서 자신의 요구를 솔직하게 말하면서도, 거절하면 깊이 파고들지 않는 마아야가 고마웠다.

나는 그래서 한때, 마아야 말고 친구 관계를 모두 쳐냈다. 최근이 되어서야 늘어난 것은 아사무라 군의 영향을 받았기 때문이고······.

마아야 같은 사람을 커뮤니케이션 강자라고 부르는 게 아닐까?

잠깐. 이제 와서 깨달은 건데, 그러면, 나는 어디 취직해서 돈을 벌 셈이었지?

엄마가 방금 말한 참이다.

—접객, 급사, 회계, 재고관리······. 하지만, 사키가 하는 알바도 급사 말고는 전부 다 있지?

확실히 그렇다. 서점에서 알바를 해보기만 해도 알아 버린다. 친구와 사귀는 것을 스트레스라고 간단히 쳐내버리는 인간이 접객 같은 걸 할 수 있을까?

생각하면 할수록 무리일 것 같았다.

씻어낸 컵을 물 빠짐 선반에 놓으면서 엄마가 반복해 말했다.

"조바심 안 내도 돼."

"응…….."

침실로 가는 엄마에게 잘 자라고 말하고, 나는 내 방으로 돌아왔다.

다른 사람에게는 어려워도 자신에게는 간단한 일, 이라.

뭔가 있는 걸까?

최근 일을 하나씩 돌이켜보지만 아무것도 안 떠오른다. 현대문학의 시험에서 고생했을 때 의지한 것은 아사무라 군이었고, 수학여행 때 아사무라 군이랑 만나지 못해 시시하게 느끼고 있던 나를 앞으로 이끌어준 건 마아야였다.

아사무라 군이나 마아야라면 접객은 특기일 거야.

나는 쓸모가 없어. 누굴 챙겨준 것도, 아사무라 군의 옷을 가게에서 마련해줬을 때 정도가 아닐까? 그는 그것을 대단히 칭찬해줬지만, 정석에 따라 그에게 어울릴 법한 옷을 찾아준 것뿐이잖아. 자랑할 게 못 된다.

아침 식사 시간까지 앞으로 몇 시간 정도 있을까? 충전기에 연결해둔 스마트폰을 손에 집었다.

새까만 대기 화면에서 화면을 켜자 아까 전까지 검색하고 있던 인터넷 기사가 눈에 들어왔다. 츠키노미야 여자대학의 대학원에서 디자이너가 됐다는 졸업생의 인터뷰 기사.

아까도 생각한 거지만, 나는 자신의 패션에 대한 지식 따위 초보자보다 조금 나은 정도라고 생각한다. 하물며 디자인이라니. 지금부터 복식이나 그림의 공부를 해도 따라 잡을 수는 없을 거야.

그래도—.

예를 들어, 아사무라 군 같은 사람을 위해 옷을 고르는 걸 돕는다. 그런 것을 일로 할 수 있는 건 뭔가 있는 게 없을까?

"취직이라."

커튼 틈으로 파란 하늘이 보인다.

가늘게 들어오는 햇빛이 침대 위에 빛줄기가 되어 보이고 있었다.

●4월 21일 (수요일) 아사무라 유우타

눈 안쪽에 빛을 느끼고 눈꺼풀을 살짝 열었다.

커튼 틈의 너머, 빌딩 사이로 태양이 고개를 내밀고 있었다.

"……아!"

아차.

어젯밤의 기억이 되살아났다.

매달려오는 아야세 양을, 담요로 감싸주고서 진정될 때까지 끌어안은 것은 기억한다. 그대로 조용해진 그녀의 온기와 호흡을 느끼는 사이에 나 자신도 수마에 쓰러져 버렸다.

집 안에서. 아버지랑 아키코 씨가 있는데.

유치원생 오빠랑 여동생이라면 그런 일도 있을 수 있지만, 고교생 오빠와 여동생이 끌어안은 채 하룻밤을 지내는 것은 설산에서 조난이라도 하지 않는 한 현대일본에서 어지간해서 있는 일이 아니지 않을까? 엄청나게 남매 사이가 좋다면 있을지도 모르지만…… 그런 얘기가 아니지. 나랑 아야세 양은 애당초 친남매가 아니고.

다시 말해서 요컨대 서로 좋아하기만 하는 단순한 남녀다. 아니, 잠깐만. 친남매일 경우가 더 큰 문제인가? 남매애의 윤리라는 건 참으로 성가시다.

……아야세 양은 어디 있지?

옆에서 자고 있어야 할 모습이 없다. 나보다 먼저 눈을 뜨고 방을 나간 것일까?

급히 몸을 일으키자, 덮고 있던 이불이 어깨에서 떨어졌다. 이불?

허리 옆에 뭉쳐 있는 천을 내려다보고 나는 떠올리려고 했다. 내가 그녀의 어깨에 덮어준 것은 여름용 담요 한 장뿐이었다. 온풍기가 멈춰 버려서, 새벽을 맞이한 방의 온도는 꽤 내려가 있었다. 아마도 이 이불은 아야세 양이 나에게 덮어준 거겠지.

부드러운 천을 집어봤지만, 이미 온기는 남아 있지 않았다. 그것이 오히려 곁에 느껴지고 있던 열을 떠올리게 해 버려서, 나는 볼이 뜨거워졌다. 설마, 그대로 잠들어 버리다니. 그러나 끌어안은 몸의 온기가 편안해서. 그렇기에 잃는 것이 무서워서. 미약하게 몸을 움직이기만 해도 그것이 사라져 버릴 것 같아서 몸을 함부로 움직이지도 못했다.

고양이를 좋아하는 사람이 무릎 위에서 잠들어버린 고양이를 깨우지 않기 위해— 그거랑은 다르군.

잠옷으로 갈아입지도 않고 잠들어 버렸네. 주름이 진 옷을 찌푸린 표정으로 내려다보고 있다가, 나는 새삼 어슴푸레한 방을 둘러보았다.

역시 그녀의 모습은 없다.

불을 켜고서 일어나, 문을 확인했다. 잠겨 있지는 않았다. 아마 먼저 일어나서 방을 나선 거겠지. 들어왔을 때 아야세 양은 뒤로 손을 돌려 문을 잠갔으니까, 아버지나 아키코 씨가 목격하진 않았을 거라고 생각한다. 그렇다고 해도, 아무래도 이번에는 나도 너무 긴장이 풀려 있었다.

시각을 확인하자, 벌써 아침 7시가 넘었다. 지금부터 다시 자면 지각 확정이었다. 일어나야겠어.

이제부터 아버지나 아야세 양이랑 마주치게 된다(아키코 씨는 아마도 자고 있다)는 것의 어색함을 상상하면 발이 떨어지지 않지만, 그렇게 말하고 있을 수도 없다.

각오를 굳히고 방을 나섰다.

세면장에서 세수를 했다. 얼굴에 닿는 차가운 물로 마음속의 꾸물꾸물한 감각을 씻어낸다.

"후우……."

한숨을 내쉬고 나는 부엌으로 갔다.

문을 열자 아야세 양이 있었다. 돌아본 그녀와 눈이 마주쳤다.

사삭.

아야세 양이 시선을 돌렸다.

명백히 부자연스럽게 보일 정도의 속도였다. 나도 동시에 눈을 피했으니까 아야세 양의 부자연스러움에 대해 뭐라고 말을 못하지만.

그녀는 벌써 교복으로 갈아입고 있었다. 그 위에 앞치마를 둘렀다. 그녀는 진작 일어나 아침 식사 준비까지 해준 거구나. 푹 자버린 나로서는 참 미안하기도 하고— 그쪽으로도 켕기는 마음이 생겨 버린다.

얼굴을 보지 않도록 하면서 말을 걸었다. 심장이 과하게 반응해서, 냉정하려고 생각하는데 두근거린다.

"안녕……."

"응. 안녕."

아야세 양의 대답도 어쩐지 어색하다.

힐끔. 식탁에 앉아 있는 아버지를 보았다. 태블릿으로 아마 신문을 읽고 있다. 고개는 안 들었다. 뭐야. 조금 맥이 풀렸다.

테이블에 도착하자 이미 준비되어 있던 아침 식사를 향해 손을 마주 댔다. 오늘은 연어 살을 구운 것, 구운 김과 간 무를 곁들여 그야말로 일본의 아침식사란 느낌이었다.

통. 가벼운 소리를 내면서 눈앞에 밥그릇이 놓였다. 하얀 쌀에서 김이 피어오른다. 윤기가 흐르는 쌀알이 맛있어 보인다.

"자, 먹어."

교복 위에 두른 앞치마를 풀면서 아야세 양이 말했다.

"고마워."

한순간만 눈이 마주쳤다. 어느 쪽이랄 것 없이 눈길을

피해버렸다. 어색해라.

"잘 먹겠습니다……."

"응? 왜 그러니?"

아버지가 나를 보고 있었다.

"별 일 없는데."

"이상하게 조용하잖아. 지각할 것 같은데, 괜찮니?"

"아슬아슬하지만, 괜찮아."

"얼른 가야 되면, 그대로 두고 가도 돼. 오늘은 늦게 출근해도 괜찮은 날이니까, 내가 설거지를 해두마."

"괜찮아."

구운 연어 살을 젓가락으로 풀어내서, 간장을 뿌리고 밥에 올렸다. 그 기세 그대로 살과 연어를 젓가락으로 퍼서 입으로 옮긴다. 연어는 마침 딱 좋게 구워서 물기를 잃지 않았고, 쌀도 포근해서 편하게 씹을 수 있다. 씹은 연어 살에서 넘치는 생선의 육즙과 쌀과 간장이 뒤섞여 더할 나위 없이 맛있지만 그걸 천천히 맛보기에는 오늘 시간이 너무 없다. 천천히 씹어서 먹는 게 위장에 대한 부담도 줄어들고 건강에도 좋다. 하지만 5분 만에 안 먹으면 지각이다.

이렇게 되면, 건강에는 조금 눈을 감고 식사를 서두르자.

아야세 양이 가방을 집고 등을 돌렸다.

"그럼, 먼저 갈게요."

현관문으로 사라지는 아야세 양의 등이 보였다. 아버지

가 다녀오라고 말을 걸었다. 나도 급하게 말을 걸었다.

"다녀와!"

"유우타, 다 먹지도 않고 말하면 버릇이 안 좋잖아."

"아, 네."

알고 있다. 그러나 역시 이런 인사는 제대로 하고 싶었다. 현관문이 닫히는 소리가 희미하게 들리는 가운데, 나는 식사를 계속했다.

"봐라, 유우타."

"……아, 응?"

목소리를 낮춰서 말하기에, 한순간 심장이 두근 뛰었다.

"너무 늦게까지 공부하진 말고. 몸이 망가지면 의미가 없잖아."

"그쪽이구나."

"응?"

"아, 아냐. 그리 늦게까지 깨 있던 거 아니고."

"그러니? 그러면 괜찮다만."

미안, 아버지. 늦게 잤다기보다, 굳이 따지자면 일찍 잤고, 공부를 하다가 늦은 것도 아니고, 아야세 양과 끌어안고 있다가 잠들어 버렸어— 라고 일어난 일을 그대로 열거해 보면, 어쩐지 참으로 배덕적으로 보였다.

다만, 아야세 양과 뭘 했었는지를 그녀가 모르는 사이에 나 혼자 멋대로 아버지에게 밝혀버리는 일은 할 수 없다.

언젠가는 말해야 한다고 해도, 아야세 양이랑 대화를 하고 난 다음이지.

……그것뿐인가?

아야세 양과의 일을 아버지랑 아키코 씨에게 고백한다. 그렇게 생각해 봤을 때, 나는 긴장감과 함께 뭔가 켕기는 기분을 느꼈다.

아니, 켕긴다기보다는—.

이대로 솔직히 밝히는 것에 대한 부담 같은 기분일까?

아차, 위험해. 벌써 나갈 시간이다.

"잘 먹었습니다!"

급하게 식기를 정리하고 집을 뛰쳐나갔다.

자전거로 달려 학교까지 가는 길에 무슨 꽃의 향기를 맡았다. 무슨 향기였는지 떠올릴 틈도 없었지만.

봄도 끝나려는 아침이었다.

수업 중.

나는 아침의 일을 돌이켜 보았다.

아무래도 간신히 들키지 않은 모양이다. 친오빠랑 여동생이라면 일단 하지 않을 일을 나랑 아야세 양이 했다는 것을. 안도했다는 것이 거짓 없는 마음이지만, 그런 한편으로, 이걸로 또 계기를 놓쳐 버렸다는 마음도 든다.

오빠와 여동생이 아니라면, 평범한 고교생의 연인 사이

였다면, 해도 이상하지 않은 일이란 생각은 하는데…….
공공연히 드러낼 일이 아닐지도 모르지만.

그리고 느낀 고백에 대한 부담 같은 마음.

그 마음의 정체를 찾아보고자, 나는 계속 생각하고 있었
다. 그러다 보니 오전 수업은 제대로 듣지도 않고, 순식간
에 점심 시간이 되어 버렸다.

"아사무라~."

부르는 소리에 고개를 들었다.

"요시다?"

"뭘 멍하니 있어. 야, 점심, 식당에서 안 먹을래?"

학식이라. 평소에는 매점에서 빵이라도 사서 먹는데, 오
늘 아침은 만족스럽게 먹을 시간이 없었으니까 그걸로는
부족할지도 모른다.

"좋네."

나는 지갑을 가방에서 꺼내 일어섰다.

교실을 나서기 전에 힐끔 아야세 양을 살폈다. 아야세
양은 여전히 반장과 함께 여자애들에게 둘러싸여 있었다.
그대로 책상을 붙여서 자리를 만들고 있다.

요즘은 저렇게 식사도 함께 하는 일이 많은 것 같다. 2학
년 때 어땠는지는 잘 모르지만, 아마 나랑 마찬가지로 혼
자 먹거나, 나라사카과 함께 먹는 일이 있었을 뿐일 거라
고 추측할 수 있다.

아야세 양을 둘러싼 환경은 3학년이 된 뒤로 상당히 바뀌었다고 생각한다.

나는— 어떤 걸까?

어째선가 서두르며 걷는 요시다의 등을 따라가면서, 오늘 아침 아버지에게 느낀 그 부담 같은 마음을 내 나름대로 분석했다. 그러나 사고가 공회전만 하고 자신의 마음을 종잡을 수가 없다. 이럴 때 마루가 같은 반이었다면 신경을 써서, 자연스럽게 상담을 받아주기도 하는데……. 애당초 이건 내 문제니까, 남이 신경을 써주는 것을 전제로 한 사고는 뭔가 아니군. 자기자신이 과제를 발견해서 클리어해야 해—.

"도착했다."

"아, 응."

나는 생각에서 의식을 되돌렸다.

요시다가 스마트폰을 주머니에 넣는 참이었다.

"응? 전화야?"

"아니, 그냥 메시지. 괜찮아."

그렇게 말하면서, 미닫이 문을 열었다.

스이세이 고교의 학생식당은, 운동부의 부실이 이어지는 풀장 옆의 1층 건물에 맞닿은 것처럼 있었다. 안은 뜻밖에 넓고, 여섯 명 정도 앉을 수 있는 테이블이 10개 이상 있다. 다시 말해서 교실 두 개 분량의 사람이 이용할 수 있지만, 메뉴가 적은 탓인지 일반 학생의 이용은 별로 없다. 그러나 운동부의 강자들은 굶주린 범 같은 눈을 하고서 몰려든다―라고, 마루에게 들은 적이 있다.

내부는 서서 먹는 국수 가게랑 비슷하다. 입구 옆에 있는 발권기에서 먹고 싶은 메뉴를 골라, 티켓을 가지고 정면의 배식구에 줄을 선다.

줄에 서 있는 건, 덩치가 커서 언뜻 보기에도 운동부 같은 학생이 많다.

"여기가, 은 듬뿍 있다니까."

"그렇네."

"맛은 뭐, 고만고만하지만."

요시다의 솔직한 감상에 나는 쓴웃음을 지으며 말했다.

"마침 배가 고팠으니까 나로선 좋아."

요시다는 돈가스 덮밥을 고르고, 나는 튀김우동으로 했다. 분명히 이 많다. 튀김부스러기까지 서비스로 잔뜩 주었다.

트레이에 올리고, 빈 자리가 없나 둘러보았다.

"아사무라, 이쪽이다."

"응?"

어째선가 한눈도 안 팔고 테이블 하나를 향해 걸어간다.

돌아서 간 테이블 너머에 앉기에, 나는 고개를 갸웃거리며 요시다의 앞 자리에 앉았다.

그러자 대각선 옆에 앉아 있는 여자애가 고개를 숙였다.

"요전에는 정말 감사합니다."

―응?

기억에 있는 목소리가 들려서, 고개를 들었다. 지금 그
건 틀림없이 나에게 한 말이라고 생각하는데, 여자애들 중
에 아는 사람이…… 아아, 이 사람이군.

"아뇨. 나는 아무것도 안 했어요. 요시다가 훨씬 고생했죠."

"그건 그렇지."

"자기 입으로 말하는 거냐."

요시다에게 태클을 걸고서, 나는 말을 건 여자애 쪽으로
고개를 돌렸다.

얼굴이 동그랗고, 머리카락을 하프업으로 한 이 애는 분
명히―

"마키하라, 이었지?"

"기억하고 있었네요. 네. 마키하라입니다. 수학여행에서
는 신세를 졌어요."

수학여행을 갔다가 일사병에 걸릴뻔한 애다. 나랑 요시
다가 숙박하고 있는 호텔까지 배웅했었지. 선이 가늘고,
피부가 도자기처럼 하얀 여자애였다. 그다지 몸이 튼튼하
지 못하다고 들었지.

"그게, 유카가 아사무라한테 새삼 인사를 하고 싶다고
해서."

……유카?

"아~, 그렇구나."

이건 어쩐지 모르게 짐작이 된다.

그렇다면 처음부터 여기서 만날 예정이었군. 들어오기 전에 스마트폰을 만진 건 도착을 알린 거다, 라는 거겠지.

"아사무라 군, 차, 마실래요?"

"어?"

"제가 타올게요. 요시다 군 것도."

보아하니, 마키하라의 트레이에 호지차 같은 색을 한 차가 플라스틱 컵에 80% 정도까지 담겨 놓여 있었다.

"앗, 내가 가져올 테니까 괜찮아."

"식당의 무료 차를 가져오는 것 정도로는, 답례가 안 되지만, 폐를 끼쳤으니까 이 정도는 하게 해줘요."

"뭐, 답례라고 하니까 순순히 받아둬."

"어쩐지 너무 신경을 써줘서 미안한데……."

"이 정도는 괜찮아요."

그렇게 말하고 마키하라 양은 포근한 미소를 짓더니, 일어서서 티 머신 쪽으로 걸어가 버렸다.

"성실한 애네."

"그렇지? 나도 그렇게 생각한다."

수학여행을 다녀온 지 벌써 2개월 정도나 지났으니 성실한 사람이라고 생각한다.

"하지만, 요시다. 내가 식당 안 왔으면 어쩔 셈이었어?"

평소에는 매점에서 때우는 내가 요시다를 따라온 것은, 어쩌다 내가 아침 식사를 제대로 안 먹었기 때문이다. 다시 말해서 우연이다.

"그때는 유카랑 둘이서 런치를 즐길 수 있지. 문제없어."

"아……. 혹시, 방해되나?"

"아니아니."

"무슨 얘기해?"

돌아온 마키하라 양이 통통 나랑 요시다의 트레이에 차가 든 컵을 놓았다.

감사인사를 하면서, 나랑 요시다는 아무것도 아니라고 얼버무렸다.

하지만, 어느샌가 이 두 사람은 같이 식사를 할 정도로 사이가 좋아진 걸까? 그런 감상을 품으면서, 수학여행의 추억 따위를 이야기하며 점심을 먹었다. 뭐, 사이가 좋은 건 아름다운 일이로다, 라고 하잖아.

한 발 먼저 다 먹은 나는, 먼저 간다고 하면서 둘을 남기고 자리를 떴다. 내가 없는 게 이야기하기 편할 거라고 생각하여 배려를 한 거다.

반납구에 식기를 두고 식당을 나섰다.

밝은 햇살 아래로 나와 눈을 가늘게 떴다. 4월도 하순이 되자 태양도 진심을 내기 시작하는군.

피부를 태울 정도까지는 아니지만, 파란 하늘에 눈이 아

플 정도라서 나는 얼른 교사 안으로 도망쳤다. 교실로 가며 나는 생각했다. 요시다랑 마키하라 양이 둘이 사이좋게 점심 먹는 걸 보고, 조금 부럽다는 마음이 솟았다.

아야세 양을 좋아한다는 걸 자각하고, 그녀도 나를 좋아한다고 말해주고.

수학여행을 계기로, 우리는 마음에 무리하게 뚜껑을 덮는 건 관두자. 서로 가능한 자연스럽게 지내자고 정했을 텐데.

그러나 실제로는 어떨까?

서로 고백을 하고, 키스까지— 그리고 잠들어버릴 때까지 끌어안고 있을 정도라도, 어째선가 식사 한 번 제대로 같이 못하는 상황이란 말이지 이거. 어째서 이렇게 됐지?

그리고 학교에서는 대화도 제대로 못하니까 쓸쓸해지고, 집으로 돌아가면 단 둘이 될 때마다 서로 맞닿는 것을 참지 못하게 된다.

이건 자연스러운 걸까?

교실에 들어갔다. 어디에 가는 걸까? 아야세 양이 나랑 스치면서 여자애들과 함께 나가는 참이었다. 한순간, 시선이 마주쳤지만, 금방 둘 다 눈길을 피했다—.

그 날도 우리는 학교에서 아무 대화도 없이 하교 시간을 맞이했다.

저녁때부터는 오늘도 서점에서 알바였다.

아야세 양과 같이 근무지만, 대화는 역시 없었다. 접객 중에 잡담을 할 수도 없고, 스킨십을 할 수도 없다.

좁은 계산대 안에서는, 어깨가 닿을 정도의 거리였다. 그러나 한쪽이 책에 커버를 씌우는 사이에, 한쪽은 계산을 하고 금액을 확인하여 거스름돈을 건넨다. 이런 상황에서는 상대의 존재를 의식할 틈조차 없었다.

거리는 가까운데, 아야세 양이 너무나 멀게 느껴진다.

잠깐 쉬는 시간에 사무소에서 혼자 티 머신으로 탄 차를 마시고, 점심 시간에 요시다와 나눈 대화를 떠올렸다.

눈앞에서 즐겁게 대화하는 그들을 보고 있으면서 느낀 부러움.

그건 요전에 아야세 양이 말했던 것과 같은 것 아닐까?

『같이 점심. 좋겠다아.』

그렇게 아야세 양도 말했었다. 신죠랑 같이 먹은 내가 부럽다고. 그 마음을, 드디어 실감한 것 같았다.

그러나 거기서 나는 동시에 생각했다.

서로 끌어안은 채 잠들어버리는 게 들키지 않아서 안도해 버린 오늘 아침. 그때 느낀, 아버지에 대한 어색함 같은 감각. 어째서 나는, 우리들의 관계를 부모에게 감추고 싶다고 생각해 버리는 걸까? 밝혀 버리면, 고교생 남녀로서 자연스럽게 닿는 것 정도는 당당하게 할 수 있을 텐데.

아버지랑 아키코 씨가 반대할 가능성도 물론 있었다. 의붓 남매니까 법률적으로는 문제가 없다지만, 자신의 가족 안에서 그런 관계를 인정할 수 없다는 마음이 될 가능성도 없다고는 할 수 없다.

뭐— 아버지를 보면, 그런 타입으로는 도저히 안 보이지만.

만약 화를 내거나 반대를 한다고 해도, 아야세 양을 좋아한다는 자신의 이 마음에 거짓말을 하고 싶지는 않다. 당당하게— 말해야 할 때는 분명하게 말을 하고 싶다. 할아버지 앞에서 아야세 양을 감쌌을 때처럼.

나는 아야세 양과 사귀고 싶다고. 계속 사귀고 싶다고 생각하는 것을 말할 수 있게 되고 싶다.

지금만 그런 게 아니고, 앞으로도 계속.

아아, 그렇구나.

알아 버렸다.

나는— 아직 가슴을 펴고 말할 수가 없는 거구나. 아버지에게, 아키코 씨에게.

자기가 하고 싶은 것도 보이지 않는 지금 상황에서 우리들의 거리감을 있는 그대로 인정해 달라고— 말하지 못한다.

노크 소리와 함께 문이 열렸다.

고개를 들자 들어온 아야세 양과 시선이 마주쳤다.

가슴이 뛴다. 그야말로 지금 그녀를 생각하고 있었으니까.

"아야세 양?"

"아, 저기……."

미끄러지듯 방으로 들어와, 손을 뒤로 돌려 문을 닫았다. 그 동작이 어젯밤과 변함이 없어서, 기시감에 내 심장 고동이 빨라졌다.

"저, 저기. 어제는 그게…… 미안, 해."

"아니 나도, 그게, 조심성이 없었지."

"어쩐지 지쳐 있었을까? 나. 잠들어 버려서. 감기, 안 걸렸어?"

"그건 괜찮아. 저기, 아야세 양도 휴식이야?"

분명히 그럴 거라고 생각했는데, 그 말을 들은 순간에 아야세 양이 퍼뜩 고개를 들었다.

"아, 아냐. 아사무라 군, 이 아니라 아사무라 씨, 점장님이 불러요. 창고에 와달라고 해요."

"어……?"

"그러니까 점장님이 불러."

말을 전하러 온 것뿐이구나.

"그, 그러면, 말 전했어."

아야세 양이 그렇게 말하고, 도망치듯 다시 문을 열고 나갔다.

어쩔 수 없이 나는 휴식하고 있던 사무소를 나섰다. 창고로 불렀다는 건 반품 꾸러미를 꾸리는 걸 돕거나, 그런 걸까?

사무소를 나서버린 다음에 깨달았다. 인사를 제외하면 방금 아야세 양과 나눈 대화가 알바를 하는 도중에는 오늘 첫 대화였다. 점장의 전언을 대화로 불러도 되는지 고민스럽지만.

　"아사무라 씨, 라……."

　거리를 두는 호칭으로 일부러 고쳐 부르는 점이 성실한 그녀다웠다.

　방에는 우리들 둘밖에 없었는데.

　"아사무라 군, 무슨 일이야?"

　창고 문을 열자마자 점장이 말했다.

　"어……? 아."

　아야세 양에 대한 일은 일단 제쳐두자.

　지금은 알바에 집중해야지.

　"점장님. 저기, 무슨 용건 있다고 들었는데요?"

　"아아. 응. 휴식중이면 그 다음에 오면 됐는데."

　"아뇨, 벌써 충분히 쉬었어요."

　"미안하네. 이 반품 박스를 배송 선반까지 날라야 하거든."

　그렇게 말한 점장의 발치에는, 하나, 둘…… 일곱 개 정도 박스가 꽉 채워서 놓여 있었다.

　"이거, 전부요?"

　"응."

　짐을 꾸리는 게 아니라 옮기는 거였나.

"알았어요. 그러면, 짐수레 가져올게요."

반품을 받으러 오는 업자는, 배송 선반에 쌓아둔 박스를 가져가준다.

반대로 말하면, 제시간에 거기 두지 않으면 반품이 없다고 판단해 버린다. 배송업자가 오는 건 대개 심야지만, 그 시간에는 가게가 이미 폐점했으니까, 영업 시간 안에 짐을 이동시켜둘 필요가 있다.

그리고 대개 짐 나르기는 알바 중에 젊은 층이 하는 일이다. 젊다고 힘이 있는 건 아니라고 생각하지만. 고용된 몸이라서 불평을 해도 어쩔 수 없다.

"두 번 왕복해야 할 것 같은데, 부탁할게."

"네."

짐수레를 가져와서, 박스를 쌓아 올려 옮긴다. 딱 두 번 왕복. 그 무렵에는 휴식 시간이 끝나 버려서, 나는 그대로 계산대에 들어갔다.

여전히 옆에 아야세 양이 있지만, 딱히 대화도 없이 시간이 지나간다.

말을 나눈다고 해도, 「그거, 집어줘」거나 「커버 부탁합니다」 같은, 업무상의 대화뿐이다. 뭐 일하는 중이니까 당연하지만.

그래도 이렇게 닿지 못하는 게 안타까워서, 집에 돌아가면 또 스킨십을 바라게 되는 건 확실하다.

─우리들, 이대로 괜찮은 걸까?

사고의 바다 바닥에서 그런 의문이 떠올랐다.

한 가지, 알아버렸다.

내가 아야세 양과 사귀는 걸 아버지랑 아키코 씨에게 알리고 싶지 않다고 생각해 버리는 이유는, 내 마음에 자신이 있어도 내 장래에는 자신이 없기 때문이다.

3학년이 되어 변화하고 있는 아야세 양을 보고, 나는 내가 아무것도 변하지 않았다는 걸 통감해 버린다. 자신의 장래에 대해서, 이렇게나 막연해서 의지가 되지 않는다.

하다못해 아야세 양과 사귀는 게 들켰을 때, 장래 이렇게 되고 싶다는 비전 정도는 아버지랑 아키코 씨한테 말할 수 있게 되어야 해.

그게 없으니까, 아버지랑 아키코 씨에게 어떤 종류의 켕기는 마음 같은 것을 느껴버리는 게 아닐까?

알바를 마치고, 아야세 양과 둘이 나란히 돌아간다.

밤도 늦어졌지만 4월의 바람은 따뜻하고, 이제 추위에 몸을 움츠리는 일도 없다.

바람에 실린 달콤한 꽃 향기가 봄에서 여름으로 계절이 바뀌는 것을 전해준다. 스치는 사람들의 옷은 얇아지고, 색도 밝아지고 있었다. 5월의 연휴를 넘기면 반팔인 사람들도 늘어날 거야.

숨쉬기 어려운 회색의 계절은 끝났을 거야.

그런데도, 우리들— 나와 아야세 양은 입을 다물어 버려서 아무 말도 없이 오늘도 집까지 그저 걷기만 했다.

집의 문을 열고, 둘이 나란히 다녀왔습니다를 말했다. 그리고 둘이 나란히 후우 안도의 숨을 쉬어버렸다. 드디어 돌아온 것이다.

배가 고프다. 얼른 밥 먹고 싶어.

"아, 당번이 나구나."

오늘은 수요일. 주에 한 번 있는 요리 당번 날이다. 현관에 신발이 없었으니까 아버지는 아직 안 돌아왔다. 그렇다면, 3인분을 이제부터 만들어야 한다. 아버지는 외식을 할 때는 연락을 하는 사람이니까.

"도울까?"

아야세 양이 복도 끝에 서서 돌아보며 말했다.

"여기서 도움을 받으면, 당번제로 한 의미가 없잖아. 괜찮아."

"알았어."

그렇게만 말하고, 아야세 양은 그대로 자기 방에 들어갔다.

또 오늘도 제대로 대화를 못했다. 그렇지만, 식사는 함께 할 수 있으니까. 그럼, 뭘 만들까.

내 방에 짐을 던져놓고서 나는 스마트폰의 메모 기능을 기동했다. 현재 내 요리 레퍼토리는 한정적이다. 그것을 로 테이션으로 돌리고 있다. 그래서 스스로 할 수 있는 요리 일람을 적어놓고, 각각 몇 번 만들었는지 메모를 해뒀다.

밤 9시가 넘었으니까, 너무 시간을 들이기는 싫은데……. 야채볶음도 질리기 시작했어.

"냉장고도 보자."

애당초 식재료로 뭘 쓸 수 있는지 파악이 안 됐다.

냉장고를 열자, 어째선가 냄비가 래핑된 상태로 들어가 있었다. 이거 뭐지?

꺼내서 보니, 고기감자조림이다. 냄비에 4분의 1정도 남아 있다. 아마 아키코 씨가 점심에 만들고 남은 걸 넣어둔 거겠지. 그러면, 이걸 데워서…….

"부족하겠지."

야채는 있지만 고기가 냉장고에 없었다.

이럴 때는 휴대전화로 검색이다. 「고기감자」, 「남은 것」. 크로켓, 스튜, 그라탕, 카레…… 꽤 많은데.

카레라. 좋을지 몰라. 고기는 이제 더할 수 없지만, 야채 카레라고 생각하면 되지.

이거라면 시판 카레를 넣기만 하면 되고, 도 확보할 수 있겠다. 감자랑 당근이랑파를 조금씩 더하면 된다.

냉장고에서 꺼낸 고기감자조림 냄비에 그대로 물과 루를 더한다. 인덕션에 올려 데우면서, 야채를 자른다. 이대로는 더한 야채가 잘 안 익으니까 전자 레인지로 5분 정도

가열한 다음 냄비에 투하.

다음은 끓이기만 하면 된다.

부글부글 카레를 졸이면서, 나는 덤으로 「남은 것」의 레시피를 대충 훑어보았다. 앞으로도 신세를 질 것 같으니까. 남은 것으로 뭔가 만들 수 있는지 알아 둬야지.

오뎅 남은 걸로 만드는 카레라. 그밖에는, 닭고기야채조림 남은 걸로 만든 카레, 떡국 남은 걸로 만든 카레, 크림 스튜 남은 걸로 카레…….

카레, 만능이잖아.

요컨대 이건 그거다. 난처할 때는 카레로 만들면 어떻게든 된다는 거군.

맛을 보면서 간을 맞춘다. 평소보다 약간 맵다. 매콤하긴 하지만, 그것이 어쩐지 모르게 지금 나한테는 필요한 것 같았다. 물론 고기감자조림의 맛을 좀 지우기 위해서라는 것도 있다. 본래의 맛이 섞여 있을 테니까, 평소 먹는 카레보다 약간 일식풍 육즙의 맛이 그래도 남아 있는 것 같다. 뭐, 신경 쓰일 정도는 아니네.

식탁을 정돈하고서 「다 됐어」라고 말했다.

부엌에 들어오자마자 아야세 양의 코가 움직였다.

"냄새 좋다. 카레 했어?"

"아키코 씨가 고기감자조림을 좀 남겨뒀더라고."

"남은 걸로 만든 카레구나. 가정 요리다워서 좋네."

"대충 했다고 해도 할 말이 없지만."

"왜? 그렇지 않아. 그게 대충 만든 요리면, 내가 만드는 요리는 전부 대충 만든 거라고 생각하는걸."

평소의 그녀보다 약간 빠르게 말해서, 나는 조금 주춤해 버렸다.

"그, 그럴까? 언제나 훌륭한 요리를 만들어 준다고 생각하는데."

"그렇진 않고……. 전에도 말 안 했었나? 고기에 밑간을 할 시간이 없어서, 미안하다고."

아…….

"생각났어. 나는 그때 밑간이 뭔지도 모르는 녀석이었지."

그건 아야세 양과 아키코 씨가 들어온 지 얼마 안 되었을 때였다. 6월 초의 일이군.

"그쪽은 기억하는구나."

쓴웃음처럼 미소를 짓고, 나는 그제서야 드디어 아야세 양의 어색한 분위기가 아주 조금 부드러워진 것을 느꼈다.

둘이서 자리에 앉아 잘 먹겠습니다 하고 손을 마주 댔다.

"맛있어."

요리를 잘 하는 아야세 양이 그렇게 말해주면 기쁘다.

"조금 매울지도 몰라."

"그건…… 그렇네. 평소보다는. 하지만, 맛있어. 고기감자조림 같은 맛도 사라졌고."

"하하. 들켰구나."

그런 식으로 두런두런 대화를 반복했다. 그래도 어젯밤 일은 서로 말하지 않고 있었다.

화제가 어쩐지 서로가 최근에 생각한 것으로 옮겨졌다.

다시 말해 장래에 대해서. 취직에 대해서.

내가 아버지에게 일에 대한 이야기를 들었다고 말하자, 아야세 양도 마침 아키코 씨랑 비슷한 대화를 했다고 말했다.

"어쩐지 비슷한 일을 하네, 우리들."

"그렇네. 아마 수험생이라 그런 거겠지."

수험이 처음은 아니지만, 고교 수험과 비교하면, 대학 수험은 보다 자신의 장래와 직결된 느낌이 들었다. 물론, 진학한 대학과 인연이 없는 직업을 고르는 사람도 산더미 처럼 있겠지만.

"나는 내가 뭐가 될 수 있는지 모르겠어."

"그거, 엄마도 말했었어. 자기가 뭐에 적합한지는 스스로도 잘 모르는 법이라고."

"그런 걸까?"

아야세 양이 한 번 고개를 끄덕이고 말했다.

"나, 엄마처럼 접객업은 무리라고 생각하거든. 그다지 남에게 맞추는 걸 좋아하지도 않고. 아사무라 군은 특기일 것 같지만."

"그렇지도 않은 것 같은데."

"그렇지 않아. 가게에서 손님에게 말을 거는 걸 보면 알 수 있는걸. 손님이 찾는 책을 마법사처럼 금방 맞추기도 하고."

"뭐…… 나름대로 책을 읽었으니까."

"하지만, 그런 것이 엄마가 말한 『자신이 평범하다고 생각할 만큼 익숙한 것』이 아닐까?"

그 말을 듣고 나는 그렇구나 생각해 버렸다. 그런 사고방식이 없었어.

"중학교 때 말야."

"응?"

아야세 양이 갑자기 화제를 바꾼 나를 보며 고개를 갸웃거렸다. 한순간 그 동작이 귀엽게 보여서 나는 새삼 아야세 양을 좋아한다고 느꼈다.

"그 무렵은 오히려 자신을 독서가라고 생각했어. 다른 사람보다 더 많은 책을 읽고 있다 하면서."

"어느 정도 읽었어?"

"하루에 한 권 정도."

"굉장해."

"뭐, 다들 아야세 양처럼 말을 해줬지. 그래서 좀 우쭐거렸다고 할까? 그럴 때 국어 선생님이랑 대화할 기회가 있었어. 겸허한 선생님이었는데, 학생에게도 존댓말을 써주는 그런 사람이었어."

그래서 우쭐대던 나는 선생님이 어느 정도 책을 읽는지 물어봤다.

"그래서?"

"선생님은 딱히 자랑스러워하지도 않고 자연스럽게 세 권 정도라고 대답했어."

"어? ……하루에?"

"그래. 그런데 그걸 자랑하지도 않고 말했지. 아아, 이게 진짜 독서가구나 생각했다니까."

이후로, 나는 자신을 독서가라고 생각한 적이 없다.

"그건……. 그 선생님이 분명히 굉장하다고 생각하지만. 아사무라 군도 충분히 굉장한 거 아냐?"

"그런 거긴 하겠지만. 그렇기에, 그게 직업으로 연결된다고 생각할 수가 없다니까. 1등 말고 흥미가 없는 성격인 사람이라면 특히 그럴 거야."

"1등…… 세계에서 넘버원 독서가 같은 거?"

"그것도 좋네. 일본 제일의 서점원이라도 좋고. 그러면, 나 같은 건 부족하다고 생각이 들잖아?"

"1등이 아니면 그 직업이 되지 못한다면, 세상에 서점원은 한 명밖에 안 남지 않아?"

나는 쓴웃음을 지어버렸다. 그야말로 나도 그렇게 생각했으니까.

"그렇지. 일이란 건 그런 게 아냐. 그리고 나는 제일 좋아하는 책, 같은 걸 정할 수 없는 타입이니까."

"1등에 흥미가 없다는 거야?"

"굳이 따지자면, 1등이 잔뜩 있다고 생각해. 시간 SF라면 이 책이고, 가장 무서웠던 호러는 이거…… 그런 식으로."

내 말에 아야세 양이 고개를 끄덕였다.

"넘버원보다 온리원이란 거구나."

"그런 느낌이지. 처음엔 말야. 나도 이기고 지는 것을 고집해서 하루에 네 권 읽으려고 했거든. 하지만, 그렇게 책을 읽어도 전혀 즐겁지가 않았어. 나는 뭘 위해서 읽는 걸까 생각하니까, 무리해서 읽는 건 아니다 싶었지."

"그러면, 지금은?"

"읽은 수보다, 어떻게 읽을까. 나다운 독서를 할 수 있다면 좋다고 생각해."

"아사무라 군다운 독서라. 그렇게 생각하는 게, 아사무라 군다워."

"고마워. 뭐, 그게 도움이 된 기억도 없으니까, 완전히 자기만족이라고 생각하지만."

그렇지는 않다고 미소를 지어주자 나는 문득 마음이 가벼워졌다. 그러고 보니, 이 얘기는 마루에게도 한 적이 없었다는 걸 떠올렸다.

"하지만, 그렇게 말하면, 아야세 양도 마찬가지로 『자기가 평범하다고 생각할 만큼 익숙한 것』이 있지 않아?"

내 말에 아야세 양은 조금 망설인 끝에 입을 열었다.

아야세 양은 츠키노미야 여자대학의 대학원에서 디자이너가 됐다는 사람의 인터뷰 기사를 읽었다고 한다.

"디자이너라."

"물론, 나는 디자인 공부는커녕 그림 하나도 제대로 못 그리고. 그 사람을 흉내 낼 수 있다고 생각하지도 않아. 하지만, 복장의 조합이나 누구에게 어떤 옷이 어울리는지 생각하는 건 좋아해."

"그러고 보니 전에 옷을 골라줬었지."

"마아야한테 순정 만화를 빌린 적이 있어."

갑자기 화제가 바뀌었네.

"만화를 읽다니 드문 일이네."

"추천하니까 읽어보라고 강제로 건넨 거였어. 그 만화는 주인공이 연예인이었는데, 그 탓에 반드시 같은 옷을 안 입었거든."

"그건 의상비가 많이 들겠다."

"그렇게, 생각하잖아? 하지만, 그렇게까지는 돈이 없다고도 하는 거야. 그래서 읽어나가면서 깨달았는데. 옷을 돌려 입었어."

패션에 대해서는 잘 모르니까, 그녀에게 무슨 뜻인지 물어봤다.

"마아야가 말했거든. 의상 댄스의 알맹이가 보인다고.

그 말을 듣고 다시 읽어봤더니, 분명히 어떤 옷이든, 어디선가 한 번 나왔었어. 다만, 위아래의 조합이 다르거나, 신발이나 원포인트만 바꾸거나, 소품이나 머리모양을 바꿔서. 물론 때때로 새로운 의상이 추가되기도 하고, 아아, 이쯤에서 산 거구나라는 걸 알 수 있었지."

"그건 굉장하네."

"응. 나도 굉장하다고 생각했어."

아야세 양은 마치 장난꾸러기가 장난을 자백할 때처럼 말했다.

"아사무라 군, 깨닫지 못했을 텐데, 나도 그걸 마음먹고 있어. 여기에 이사 왔을 때부터. 나, 한 번도 같은 조합의 코디를 한 적이 없거든."

그건…… 전혀 몰랐어.

"그렇구나. 그래서 패션의 상담을 받아주는 사람도 좋겠다고 생각한 거구나."

"가능할지 어떨지는 모르고, 어쩐지 모르게 좋겠다고 생각하는 정도지만."

그래도 그녀는 조금 앞으로 나아간 것이다.

나는 어떤 걸까? 아직 스스로도 깨닫지 못한, 자신에게 적합한 일이 있는 걸까? 대학 4년동안 그걸 발견할 수 있을까?

아니, 애당초 스트레이트로 확실하게 대학에 합격할 수

있을까?

생각할수록, 나는 미래에 대한 불안만 커졌다.

카레의 매운 맛도, 그런 나를 분발시켜주지 못했다.

이상하게 목이 마르다.

목욕을 할 때도 장래에 대해 생각하느라, 생각보다 오래 목욕을 해버린 탓일까?

시각은 심야가 되어 있었고, 돌아온 아버지도 식사를 마치고 벌써 잠들었다. 설거지도 끝났으니까 나로서는 이대로 침대에 들어가 책을 조금만 읽거나 자버리면 되는데, 수분을 보급해두고 싶네.

키친으로 들어가 냉장고를 열었다.

상비되어 있는 보리차를 컵에 따랐다. 차가운 보리차를 벌컥벌컥 마시기에는 아직 이른 계절이니까 홀짝홀짝 마시고 있는데, 복도 쪽 문이 열리고 아야세 양이 들어왔다.

그대로 내 앞을 지나쳐 냉장고를 열고 보리차를 꺼냈다. 아야세 양도 목이 말랐던 모양이네.

선 채로 마시려다가 내 옆 자리에 앉았다.

룸웨어에 카디건을 걸치기만 한 모습은 틈을 보이지 않는 그녀치고는 보기 드문 차림이지만, 내가 키친에 있다는 것을 몰랐을 가능성도 있다. 그래도 깨달은 다음에도 당황하거나 도망치지 않을 정도로는 거리가 가까워진 게 기쁘다.

"늦게까지 열심히 하네."

벌써 심야 0시가 넘었다.

"응……."

어쩐지 신통찮은 목소리로 대답해서 나는 그녀의 얼굴을 들여다 보았다.

"왜 그래? 기운이 없어 보여."

"공부가 좀처럼, 잘 안 돼서."

약간 고개를 숙인 얼굴이 신경 쓰인다.

"그건……. 나도 남 말은 못하겠네. 3학년이 됐는데, 전보다 집중력이 떨어진 것 같아."

"아사무라 군도?"

"그렇지 뭐."

"그렇구나."

짧게 말을 나눈 다음에 서로 말을 잃고 입을 다물었다.

서로 마주보는 사이에, 그러고 보니 오늘도 제대로 대화를 못 했고, 닿지도 못했다는 걸 떠올렸다.

둘 다 슬그머니 서로를 향해 팔을 뻗다가, 그 손이 중간에 멈춘다.

"오늘은 제대로 자야, 겠지."

"그……렇지. 그렇, 네."

다가가던 서로의 손이 천천히 멀어진다.

"그럼, 아사무라 군. 잘 자."

"응. 잘 자, 아야세 양."

그렇게 우리는 각자의 방으로 돌아갔다.

분명히 어제 사고를 친 참인데, 게다가 아버지가 침실의 문 하나 너머에 있는데, 뭘 하고 있냐는 건가 싶다. 들켰을 때는 어쩔 수 없지가 아니라, 들키고 싶은 것 같잖아.

하지만, 지금 나로서는 아버지나 아키코 씨를 상대로 당당하게 자신의 미래를 보여줄 수 없을 것 같다.

그렇다고, 지금 내가 걸핏하면 아야세 양의 모습을 찾는 것도 피할 수가 없고—.

빙글빙글 돌고 도는 사고를 끌어안은 채 나는 침대에 들어갔다.

자기 전에 읽으려고 했던 책은 펼치긴 했지만 문장이 한 줄도 머리에 안 들어왔다. 어쩔 수 없이 나는 포기하고 눈을 감았다.

●4월 21일 (수요일) 아야세 사키

　분명히 졸음이 쏟아지는 수업이란 게 있다고 생각했다.

　기후조건도 좋았다. 창밖은 봄의 끝다운 좋은 날씨고, 따끈따끈한 햇살이 창가에서 두 번째 줄까지 적당히 들어와서 교실도 따뜻했다. 조금 너무 밝을 정도야. 좁게 열린 창문에서 불어 들어오는 바람에, 말아둔 커튼 끝이 하늘하늘 흔들렸다.

　점심 식사를 마치고 듬뿍 낮잠을 자기에는 최적이었다. 창가가 아니라도 졸음이 늘어나는 법이다. 게다가 4교시째가 체육이라서 지친 다음의 5교시. 더욱이 나에게는 특기 과목인 일본사였으니까 방심했다. 수마가 덮쳐서 깨닫고 보니 꾸벅꾸벅 졸고 있었다.

　선생님이 지명한 것이 옆 자리의 반장이고, 그녀가 의자를 소리 내어 끌며 일어서서(어쩌면 일부러일지도 모른다.) 그 덕분에 눈을 떴다.

　다행히 그 다음은 눈꺼풀을 닫지 않고 수업을 받을 수 있었지만, 명백하게 평소의 집중력을 내지 못했다. 수업 중에 자다니 고등학교 입학한 이후로 처음이었다.

　사고 쳤다~, 라고 생각했다.

　옆에 앉은 반장을 힐끔 보았다. 그러자 그녀도 이쪽을

보고 있어서, 입가를 손가락으로 가리켰다. 혹시, 하면서 황급히 입을 닦았다.

반장이 작게 입을 움직였다. 「거, 짓, 말」. 으음. 그러나 라고 생각했다. 다시 말해서 그런 거짓말이 나온다는 것은 역시 그녀는 내가 졸고 있던 걸 깨달았다는 것이다.

교사를 살피면서, 입모양으로만 감사를 전했다.

그리고 칠판을 다시 보았다.

설마 내가 남에게 도움을 받는 날이 오다니. 틈을 보이지 않으려고, 지금까지 쌓아온 나날이 이토록 간단하게 무너진다.

대체 요즘 나는 어떻게 된 걸까?

수업이 끝나고, 6교시까지 10분간의 짧은 휴식. 다음 수업 준비를 하면 지나버릴 정도의 짧은 시간이다. 그러나 옆 자리의 명랑한 반장 주위에는, 그런 짧은 시간마저도 반 아이들이 말을 걸러 다가온다.

자리가 옆인 나도 요즘에는 필연적으로 말려든다.

뭐, 반장은 억지로 나에게 화제를 뿌리지는 않으니까 멍하니 흘려 들으면 되지만, 그래도 모여드는 반 아이들 중에는 사양하지 않고 말을 거는 애도 있다.

3학년이 되어서 가장 변한 것은 그럴 때 나의 대응일지도 모른다.

아사무라 군과 함께 알바를 하면서 대인 능력을 본받고

싶다고 생각한 나는, 말을 걸어도 옛날만큼 매정하게 대답하지 않게 됐다. 이것이 접객의 연습이라고 생각하면 그리 소홀히 할 수 없다.

다만, 오늘처럼 조금 침울해져서 가만 내버려뒀으면 좋겠다고 생각할 때는 조금 힘들다.

마아야라면 이럴 때는 눈치 빠르게 굳이 나에게 화제를 뿌리지 않도록 배려를 해주는데, 아무리 그래도 다른 사람한테도 그런 배려를 기대하는 건 좀 잘못됐지.

미소를 붙이고 10분의 쉬는 시간을 극복하여 방과 후를 맞이할 무렵에는, 나는 정신적으로 녹초가 되어 있었다. 하지만 오늘은 아직 알바가 있다.

내 컨디션 난조는 알바에서도 이어졌다.

오늘도 요미우리 선배는 취직 활동을 하느라 쉰다. 아사무라 군이랑 근무 시간이 같고, 둘이 함께 알바를 한다.

평소보다도 시작 시간이 아슬아슬해서 조금 조바심이 있었기 때문인지, 이 날의 일은 비참했다. 평소에는 안 하는 실수를 연발했다.

매장에 보충할 책을 꼽아두러 갈 때 전혀 상관없는 책장에 꼽을 뻔 하거나.

가깝긴 하지만 코믹스에도 남성향과 여성향이 있다.

아사무라 군의 말을 빌리면, 귀여운 여자애만 표지에 있으면 남성향, 멋진 남자애도 있으면 여성향, 이라고 한다. 물론 예외는 있지만 경향은 그런 쪽이니까 대강 그렇게 기억해두면 된다고.

다만, 아사무라 군이 충고를 해주었다. 귀여운 남자애가 표지거나 멋진 여자애가 표지라면, 어느 쪽이든 있을 수 있다.

잘 모르겠지만, 어쨌든 그런 모양이다. 나는 그 가르침을 무심코 잊고서 책을 잘못 꼽을 뻔한 것이다.

그것 말고도 거스름돈을 틀릴뻔하거나, 책의 커버를 잘못 접거나.

치명적인 실수에 이르진 않았지만, 아무리 그래도 중간에 안 좋다고 생각했다.

그래서 점장에게 한 마디 하고서 화장실에 다녀왔다. 물론 목적은 세수를 해서 집중력을 되찾는 것. 차가운 물로 얼굴을 씻고, 세면대의 거울로 얼굴을 체크했다. 조금 눈이 부어있는 것 같기도 하지만, 이건 묘한 시간에 잠들어서 약간 수면 시간이 부족한 상태로 일찍 일어났기 때문일 거야. 집중력 저하도 수면부족 탓일지 모른다.

오늘은 화장이라고 할 정도의 화장을 안 했으니까, 한 번 더 얼굴에 다시 바를 수고는 덜었다. 사회인이나 요미우리 선배는 단단히 다시 할지도 모르지만.

점장에게 돌아왔다고 말하자, 아사무라 군을 창고에 불

러달라고 부탁을 받았다.

사무소에서 차를 마시며 쉬고 있는 걸 발견하여 말을 전했다.

그때서야 드디어 아사무라 군이랑 조금 이야기를 해서, 어제 무심코 잠들어 미안하다고 전할 수 있었지만, 어쩐지 굉장히 어색함을 느껴서 전언만 하고 도망치듯 방을 나서버렸다.

알바를 마치고 돌아오는 길에도 제대로 된 대화를 못해서.

침울한 기분이 계속 이어지고 있었다.

문 너머에서 들린 「다 됐어」란 소리에, 나는 펜을 멈추었다.

"지금 갈게."

대답하고서, 필기를 정리해둔 노트를 접었다. 오늘도 별로 진도를 못 나갔어.

알바를 마치고 돌아온 다음에 공부. 이것도 식사당번을 아사무라 군이나 가족이 대신해주기 때문에 할 수 있는 일이다. 고맙긴 하지만, 조금 켕기는 기분도 느낀다. 내가 전부 할 생각이었으니까.

부엌에 들어서자마자 향기가 코를 간질였다.

"냄새 좋다. 카레 했어?"

들어보니 엄마가 고기감자조림을 만들었는지, 그 남은 걸 이용했다고 한다.

양이 부족한 것을 레인지로 익힌 야채를 넣어서 메우고 야채 카레를 만들다니, 1년 전의 아사무라 군은 도저히 못 했을 거야. 왜냐면, 이 집은 배달이나 인스턴트 도시락만 먹었던 것 같으니까. 그러고 보니, 그 무렵의 아사무라 군은 고기의 밑간도 몰랐었지.

그걸 생각해 보면 장족의 발전을 했으니 솔직하게 대단하다고 생각하지만, 아사무라 군은 대충했단 소리를 들을 것 같다며 걱정을 했다. 그렇지는 않아. 아사무라 군의 카레가 대충이라면, 내가 늘 하는 요리도 충분히 대충한 거라고 생각한다.

무리해서 추켜올릴 셈은 아니었지만, 내가 열을 담아서 그렇게 말했기 때문인지 아사무라 군은 조금 안도한 표정을 지었다. 다행이야.

자리에 앉아 카레를 먹었다.

조금 매울지도 모른다고 아사무라 군이 말했는데, 그 말대로 맛은 조금 매콤했다. 내 본래의 취향은 조금 더 마일드한 맛이다. 그러나 오늘 아침부터 지금까지 계속 어쩐지 맥이 빠진 느낌이었던 나는, 이 매콤한 맛이 뜻밖에 나쁘지 않다고 느껴 버렸다.

카레를 먹으면서 우리는 드디어 느긋하게 대화할 수 있었다.

그렇게, 같은 고민을 느끼고 있다는 걸 알았다.

진학에 대해서만이 아니라, 그 앞일에 대해서. 대학을 졸업한 다음에는 어떻게 할 것인가? 지금까지 멍하니 생각해왔던 것이, 지난 반년 정도 사이에 보다 확실하게 생각해야 하는 것으로 부상하고 있었다.

"나는 내가 뭐가 될 수 있는지 모르겠어."

아사무라 군이 말했다.

그 말로 엄마와 나눈 대화가 떠올랐다.

조금이라도 그의 고민을 도울 수 있으면 좋겠다 생각해서, 엄마의 말을 고스란히 전달했다. 자신이 뭐에 적합한지는 스스로도 잘 모르는 법이라고 말했었다고. 엄마는 자기가 설마 접객업을 해낼 거라고 생각하지 않았었다고.

열심히 노력하길 바란다고 생각하면서 말해봤다.

나는 아사무라 군의 노력을 알고 있다.

엄마랑 같이 이 집에 이사를 왔을 때부터, 아사무라 군이랑 타이치 새아버지는 가능한 우리들이 살기 쉽도록, 전부터 이 집에 있던 여러 가지 규칙과 우리 가족의 습관을 간격 조정을 해주었다. 식사 준비 하나만 봐도 그렇다.

나는 배달과 도시락과 외식에 의지하는 식생활이 나쁘다고 생각하진 않는다. 경제적으로는 혼자 산다면 그러는 편이 저렴할 때도 있고.

요리를 한다, 라는 것은 대대로 그 노하우나 도구가 전해질 경우는 그다지 코스트가 안 들지만, 인연이 없는 사람에게는 초기투자가 뜻밖에 드는 법이다.

무엇보다도 사람의 뇌는 습관을 바꾸는 걸 꺼린다.

그런데도 우리들에게 맞추어줬으니 타이치 새아버지에게도 아사무라 군에게도 감사밖에 못한다. 그리고 지금은 아사무라 군이 혼자서 저녁 식사 준비까지 해주고 있다.

더욱이 내 공부를 위해서 집중할 수 있는 음악을 찾아주거나, 현대문학 문제를 풀기 위한 노하우를 생각해 주거나……. 아사무라 군이 장래에 불안을 품고 있다면, 내가 더 불안해진다.

『조바심 안내도 돼.』

엄마는 그렇게 말해줬지만.

─자신이 뭐가 될 수 있는지 모르겠다.

잘 먹었습니다를 말하고 방으로 돌아가면서 나는 마음속으로 살며시 중얼거렸다.

그건 나도 마찬가지야.

저녁 식사를 마치고, 먼저 목욕을 했다.

목욕을 마치고 머리를 말리면서 무릎 위에 패션지를 펼치고 바라보았다.

짧게 잘랐을 무렵은 순식간에 말랐는데, 어느샌가 본래 길이 가까이 자라서, 덕분에 말리는 시간도 늘어나 버렸다.

아무래도 머리가 젖은 동안에는 공부를 못한다. 드라이

어 소리가 시끄러우니까 영상이나 음악을 틀 수도 없고, 가능한 것은 이렇게 무릎 위에 뭔가 펼치고 읽는 것 정도다. 잡지나 단어장 같은 거.

머리를 다 말릴 무렵에 타이치 새아버지가 돌아왔다.

문을 열고 고개를 내밀며「어서 오세요」. 아사무라 군이 저녁 식사인 카레를 데우기 시작했다.

도울까라고 일단 물어봤지만, 예상대로 괜찮다는 말로 말렸다. 이렇게 되면 이제 공부밖에 할 게 없으니, 나는 책상에 앉았다.

몸이 식지 않도록 옷을 챙겨 입고, 서투른 교과인 현대문학부터 정리하고자 문제집을 펼쳤다.

어제 하던 부분부터 풀기 시작해서……

로우파이 힙합이 쫓아내던 온풍기 소리가 귀에 돌아왔다.

퍼뜩 정신이 들자 내가 졸고 있었다는 걸 깨달았다. 헤드폰이 어느샌가 미끄러져서, 나는 책상에 붙을 것 같은 자세였다.

시계를 보자, 심야 0시가 넘어 있었다.

그렇잖아도 집중력이 떨어져 있는데, 더 이상 무리를 해도 효과가 나쁠 것 같아.

펼치고 있던 문제집은 예정했던 것의 절반도 안 끝났다.

"안 돼. 그만 자야지."

갈증이 느껴졌다. 나는 헤드폰을 거칠게 벗고, 한 번만

강하게 고개를 저었다.

그리고 키친으로 이어지는 문을 열었다.

흠칫. 한순간 발이 멈췄다.

부엌에 누군가 있다— 아사무라 군이다. 그는 컵에 담은 갈색 액체를 마시고 있었다.

보리차겠지. 좋겠다, 라고 생각해서 나도 마시기로 했다.

그의 옆을 지나쳐 냉장고를 열어 내가 마실 보리차를 따랐다.

그대로 그의 옆 자리에 앉았다. 홀짝홀짝 흉내를 내서 마시기 시작했다.

"늦게까지 열심히 하네."

아사무라 군의 말에 심장이 쿵쾅 뛰었다.

"응……."

긍정으로 대답했지만, 미안해. 졸아 버렸어요. 우물우물 말꼬리를 흐리고 만 이유는 그 탓이었다.

자기 일로도 벅찰 텐데, 아사무라 군은 내 몸까지 생각해 주었다. 그 말에 어리광부리듯 나는 최근 그다지 공부에 집중 못하는 것을 고백했다. 그랬더니, 아사무라 군도 마찬가지라고 했다. 3학년이 된 뒤로 그다지 공부에 집중을 못한다고.

우연찮게 같은 고민을 품고 있는 것이 판명되어 버렸다.

그러나 3학년이 된 뒤로 이제 곧 1개월이 되는데, 지금까지 서로의 고민을 몰랐다는 것이 된다.

이것도 최근 들어 그다지 대화를 못한 탓일지도 모른다.

대화를 못했다. 손을 못 잡았다. 무엇보다도 체온을 느끼지 못했다. 그 팔라완 비치의 구름다리 위에서 있었던 일이 마치 머나먼 꿈 같다. 그래서―. 그러니까, 어젯밤에는 그렇게 서로의 온기가 편했던 거야. 완전히 안심해서 잠들어 버린 거겠지.

우리는 어느 쪽이랄 것 없이 마주보고, 보리차를 놓고 손을 뻗었다.

그렇지만, 그 손이 둘 다 중간에 멈춰버렸다.

머릿속 한 구석에서, 그 손을 계속 뻗으면 어떻게 되어 버릴까라는 두려움이 있었다.

"오늘은 제대로 자야, 겠지. 그렇지."

나는 『그 앞』을 생각하지 않도록 머릿속에서 쫓아냈다. 받아들일 수 있었을 온기가 품 안에서 미끄러져 떨어지는 것도 생각하지 않으려 했다.

서로 손을 되돌려 버렸다.

나는, 컵을 씻어놓고, 잘 자라고 인사를 한 다음, 방으로 돌아갔다.

침대에 들어가 룸라이트를 끄고 눈을 감았다.

그렇지만, 그토록 공부를 할 때는 찾아왔던 수마가 이번에는 좀처럼 찾아오지 않는다. 머릿속에서, 서로에게 뻗고 있던 손을 맞잡았다면 어떻게 되었을까를 끝도 없이 생각해 버려서, 잠들 수가 없었다.

형광 모드로 희미하게 들어온 천장등을 바라보면서 잠 못 이루는 밤을 보내게 되었다.

●5월 20일 (목요일) 아사무라 유우타

　3학년이 된 지 2개월이 지나려 하고 있었다.

　완전히 익숙해진 교실로 가는 계단을 올랐다.

　계단참의 창으로 보이는 5월의 하늘은 파랗게 개어 있었다. 리놀륨 바닥의 계단에 빛이 내리쬐고 있었다.

　"안녕. 아사무라, 먼저 간다!"

　계단을 한 번에 뛰어 추월하면서 요시다가 계단참을 돌아서 올라갔다.

　"안녕."

　등 뒤에 말을 걸고 나는 그것을 배웅했다.

　3학년이 된 뒤로 반복되는 평소의 광경이다.

　스치는 사람의 얼굴도 완전히 익숙해졌다.

　올라가는 계단이 많아진 걸 의식하지 않게 된 것은 대체 언제부터일까? 새로웠던 경치도 반복되면 일상으로 변해 버린다. 아침, 교사의 현관으로 들어가 승강구를 통과하여 교실로 갈 때까지 일련의 흐름은 그야말로 루틴이라고 할 수 있었다.

　그리고 동물은 반복되는 자극에는 익숙해져서 반응하지 않게 되어 버린다.

　이건 순화라는 반응이었다. 뇌는 안전하다고 알고 있는

정보를 일일이 신규로 기억하려고 하지 않는다. 익숙한 간판은 새로 바꿔 붙여야 그제서야 거기에 간판이 있었다는 것을 깨닫게 되는 것이다.

계단을 오르면서 나는 발치에 시선을 내렸다.

한 단씩 밟는 것에 맞추어, 지나온 하루하루를 떠올려보았다.

그러나 금세 우뚝 내 발이 멈추고 말았다.

처음에 머리에 떠오른 것은, 아야세 양과 끌어안고 잠든 그 날 일이다. 다음 날에는, 장래에 대해서 깨달은 점을 서로 대화했다.

그리고…… 그리고…….

그것 말고는 아무것도 떠오르질 않는다.

나아가지 않는 발을 내려다보고 나는 내심 한숨을 쉬었다. 그 뒤로 벌써 1개월이다. 시간의 흐름이, 너무나도 빠르게 느껴진다. 바로 요전에 3학년이 되었다고 생각했는데, 그 뒤로 벌써 1개월.

다만, 시간의 흐름을 빠르게 느껴 버리는 원인은 명확하다. 아야세 양 일도 포함해서, 인간관계에 커다란 변화가 없기 때문이다.

이벤트가 없는, 아침의 계단과 다를 바 없는 매일이 지나서.

속칭 골든위크라 불리는 5월의 대형연휴도 깨닫고 보니

끝나 있었다.

뭘 했었더라?

아니, 공부를 하고 있었지.

3학년이다. 장래를 생각해서 대학을 노린다면 정체에 빠져 있을 수 없는 시기였다. 수험을 향해 나는 2학년 때와 비교해서 공부 시간을 늘렸다.

그에 더해서, 중간고사를 의식한 공부도 했다.

솔직히 바쁘다. 진짜 너무 바쁘다. 학교, 알바, 식사와 목욕에 수면 같은 나날의 생활을 제외하면 책상 앞에 앉아서 노트를 펼치고 있는 기억밖에 없어.

그건 좋은데 문제는 그만큼 공부를 위해 시간을 써도 충분하다는 실감이 없다는 것이다.

손맛이 없어.

이상하다……라고 생각했다.

시험 전의 공부는 몇 번이나 경험을 한 일이라 특별한 게 아닌데. 오히려 장래를 향해 자신을 가질 수 있도록 평소 이상으로 내 나름대로 기합을 넣었을 것이다. 그런데도 불안을 씻어낼 수 없는 것은 어째서일까?

나는 머리를 가볍게 흔들어 약해진 생각을 쳐냈다. 괜찮아. 공부를 해왔다. 할 수 있는 일은 하고 있다. 애당초 2학년 때부터 학원에도 다니고, 이른 단계에서 수험을 의식하며 공부를 해왔다. 이런 곳에서 주춤할 리가 없어.

오늘부터 중간고사다.

그러니까, 이런 걸로 끙끙거릴 시간이 있으면, 한시라도 빨리 교실에 들어가 내 책상에서 시험 범위 내용을 머릿속에 흘려 넣으며 발버둥을 쳐야 한다.

중간고사에 임하기 위해 나는 무릎에 힘을 주었다.

그러나…….

결의와 반대로 시험 시작의 신호가 울려도, 내 사고는 둔하고 탁하기만 했다.

시험을 보는 동안에도 머릿속에 스모그가 낀 것 같은 감각을 씻어낼 수가 없고, 집중이 끊어지기 일쑤였다. 안 좋아. 조바심을 내면 낼수록 눈앞의 문제가 머리에 안 들어오게 되고…….

초조함이 생기는 가운데, 그저 시험 시간만 지나갔다.

나는, 대체 어떻게 된 거지.

저녁 식사 전의 시간.

키친에 서 있었다. 오늘은 내가 당번이니까.

시험 기간 안에는 근무를 안 잡았으니까 알바는 없고, 집에는 나랑 아야세 양 둘이 돌아와 있었다. 그러나 서로의 방에 틀어박혀 각자의 공부를 하고 있었으니 거의 마주치지 못했다.

기껏 같은 집에 있는 데다가, 같은 학년이고 같은 반이고 같은 시험 문제를 받았으니까, 서로 이해가 어려운 부분을 가르쳐주면 효율이 좋지 않을까— 그런 생각이 떠오르지 않는 것은 물론 아니지만, 동시에 『아니, 무리지』라고 내 냉정한 부분이 태클을 걸었다.

애당초 공부에 집중하지 못하게 될 것이 명백했다. 닿고 싶다. 온기를 느끼고 싶다. 아야세 양을 매력적으로 생각하기에 생기는 충동과 나는 언제나 싸우게 될 테니까.

예를 들어, 스마트폰을 사용한 실험이 있다.

집중력이 필요한 과제를 풀 때, 학력에 커다란 차이가 없는 실험 참가자를, 스마트폰을 두는 위치에 차이를 둬서 다수의 그룹으로 나눈다. A그룹은 책상 위, B그룹은 가방 안, C그룹은 옆방.

그러자 책상 위에 스마트폰을 둔 그룹이 가장 과제 성적이 나빴고, 옆방에 둔 그룹이 가장 좋은 성적을 받았다.

이 실험으로, 눈앞에 전력으로 매달려야 하는 과제가 있어도, 스마트폰이 손에 닿는 거리에 있으면 있을수록 의식이 그쪽으로 끌려가버린다는 걸 알 수 있다. 의식해서 스마트폰을 생각하지 않도록 해도, 『의식적으로 생각하지 않는다』라는 과정이 발생하는 시점에서 인간의 뇌는 사고를 위해 파워를 소모해 버린다. 『생각하지 않는』 것에도 에너지가 필요하다니…….

다시 말해서, 아야세 양은 스마트폰……이 아니라.

멍하니 생각을 한 탓에, 하마터면 프라이팬의 내용물을 태울 뻔했다.

황급히 인덕션의 스위치를 껐다.

다 된 요리를 그릇에 담고 있는데, 마침 그 타이밍에 아야세 양이 방에서 고개를 내밀었다.

"······고등어?"

"된장양념구이를 해봤어."

조사해봤는데, 집중력을 높이기 위해서 등 푸른 생선이 좋다고 한다. DHA가 많이 포함되어 있으니까.

아야세 양은 뭔가를 깨달았는지 입가에 손을 댔다.

"아."

그 시선은 뭔가를 말하고픈 느낌이었다. 그러나 기다려도 이어지는 말이 없어서 내가 입을 열었다.

"혹시 별로 안 좋아해?"

"아니. 먹고 싶다고 생각했어."

"그럼 다행이다."

"만들어줘서, 고마워."

"천만에요. 실패는 안 했을······ 거야."

레시피대로 만들었을 거다. 적어도, 겉으로 보기에는 모양이 잡혀 있다. 아야세 양이 아버지한테 조언했던 것도 참고해서 간도 적당히 하려고 마음을 먹었다.

마주보며 테이블에 앉아서, 잘 먹겠습니다하고 손바닥을

마주 댔다.

된장양념 향이 나는 하얀 살을 젓가락으로 찢어 하얀 밥과 함께 입으로 넣는다. 매콤달콤한 풍미가 김과 함께 코끝을 간질이고, 입 안에 들어가자 혀 위로 삭 퍼졌다.

응. 제대로 됐다.

아야세 양도 맛있다고 말해줬다. 그러나 그 표정은 어쩐지 그늘이 져 있어서, 조금 걱정이 되었다.

"혹시, 몸 안 좋아?"

"아니. 괜찮아."

그렇게 말하면서 떠올린 것처럼 젓가락을 움직였다. 나도 그 이상을 캐묻지 못해서 마찬가지로 얼른 젓가락을 움직였다.

묵묵히 둘이서 계속 먹었다.

식기를 정리한 뒤에 「그럼」, 「응」하고 누가 먼저랄 것도 없이 말하고, 둘 다 서로의 방으로 돌아갔다.

공부를 재개했다.

책상에 노트를 펼쳤다.

결국, 오늘 시험의 손맛에 대해 아야세 양과 화제를 꺼내지 못했다.

상대의 손맛에 대해서 물어보면, 이쪽의 손맛에 대해서도 대답하는 전개가 된다. 그러면 참 좋았다고 말하기 어렵고, 그렇다고 그 자리에서 거짓말로 얼버무리는 건 불성실하고, 답안의 결과가 돌아오면 안타까운 상황이 될 것이 명백했다.

시험 기간이 시작되기 전부터, 나랑 아야세 양은 시험에 집중하려고 연인 사이의 스킨십을 삼가도록 간격 조정을 했다. 그러니까 더욱 결과를 내야지.

힘을 내야 할 때다.

여기서 성과를 보이지 못하면 자신 따위 가질 수 있을 리가 없다. 해야 할 일이 소홀해지는데, 앞으로 아야세 양과 들뜬 시간을 보낼 권리는 없으니까— 그래서는 안 된다.

알고 있다.

그러나 실제로는 집중력이 부족한 채 시험 첫 날이 끝나버렸다. 그러자, 현재 상황에 대한 조바심과 함께 다른 불안도 고개를 들었다.

아야세 양의 마음이다.

내 눈에는, 그녀의 표정이나 언동이 평소와 같아 보인다. 평소와 같은 평상심. 어색하게 느끼는 순간도 있지만, 그것은 내가 평소와 다르기 때문이라고 생각하는 걸 거야. 신경 쓰이게 만든 결과일지도 모른다.

남의 사고를 읽는 초능력자가 아니니까 나는 그녀의 마음을 읽어낼 수 없다. 몸이 가까워지는 스킨십을 참게 되어서, 신기하게도 마음의 거리도 멀어진 것처럼 느껴버리는 자신이 있었다.

삐삐 소리가 나고, 나는 황급히 고개를 들었다.

세팅해둔 알람 소리다.

뽀모도로 테크닉— 집중력을 올리기 위해 시간을 구분하는 방법으로 공부를 하고 있으니까 25분이면 알람이 울린다. 25분 집중하고 5분 휴식하는 것이 한 세트다.

나는 노트에 시선을 내렸다.

하나도 못했다.

집중해야 하는 시간을 나는 답이 안 나오는 사고에 또다시 낭비해 버렸다.

이대로는 좋지 않아.

그러나 해결책이 전혀 안 떠오른다.

그렇구나. 생각하지 않는 것에도 에너지가 필요하다. 그건 정말인 것 같다. 게다가, 필요한 에너지가 상당하다.

어떻게든 신경 쓰이는 것을 손이 닿지 않는 거리까지 멀리 떨어뜨려 둘 필요가 있다.

그러나 내가 정신 팔린 『스마트폰』(아야세 양이다)은, 집에 돌아오면 언제든지 언제나 마주치게 되어 버린다. 학교에 있어도 교실이 같고, 알바도 같이 한다. 그러기는커녕 최근에는 머릿속에 아예 자기 자리를 만들어 버렸다.

2학년 때는 다른 반이었다는 것을 조금 아쉽게 느꼈는데, 막상 같은 반이 되자 이런 사태가 되다니.

불안이 있다면 간격 조정을 하면 된다. 지금, 이런 불안이 있는데 실제로는 어떤가? 라고.

나는 그녀와 그런 관계를 구축해 왔을 텐데.

하지만 지금, 간격 조정의 결과로 네거티브한 대답이 나와 버리면, 나는 어떻게 되어버리는 걸까? 전혀 예상할 수가 없다.

아야세 양이 의붓 여동생이 되기 전의, 작년의 자신으로서는 생각할 수가 없는 상태였다. 처음 느끼는 감정에 휘둘리기만 하는 자신이 한심하다. 자신을 가지면 해결할 수 있다고 생각하는데, 자신이 없는 것으로 자신을 가지는 결과를 얻을 수가 없다니…… 늪이군.

계약 관계가 흔들린다.

오빠와 여동생으로서의 생활이 수면에 비치는 상처럼 흐릿하고 덧없이 사라질 것 같아서.

간격 조정을 제안하는 것마저 불안해져 버리니까, 대체 우리들의 관계를 어떻게 조정해야 좋은 걸까?

삐삐 또 알람이 울렸다.

절대 이대로는 안 돼.

●5월 20일 (목요일) 아야세 사키

시험 시작 신호와 함께 용지를 뒤집었다.

일단 반과 이름을 맨 먼저 적었다.

그리고 문제지에 시선을 내리고—

쌓아 올린 것이 발치부터 무너져가는 감각을 느낀 것은 오랜만이었다.

아직 자신에게 적합한 공부법을 파악하지 못했던 초등학생 때 이후 처음일지도 몰라.

어쩌면 나에게 맞는 공부법이라는 것도, 미각처럼 성장하면서 서서히 바뀌는 걸까?

⋯⋯이렇게, 현실도피를 할 때가 아니지.

애당초 공부법은 평소와 같았다. 아니 평소 이상으로 시간을 들여서 매달렸다.

본래는 내 역할인 요리도 당번제가 되었고, 공부 시간을 늘려주었다. 그런데 집중하지 못해서 결과를 내지 못했습니다 라는 건 너무 죄송하다.

공부법은 원인이 아니다. 시간도 제대로 확보했다.

그런데 했어야 할 공부가, 기억했어야 할 내용이, 꺼내려고 뻗은 손바닥에서 사르르 모래처럼 미끄러져 떨어진다.

문제를 읽어도 모래를 씹는 것처럼 손맛이 솟아오르지

않는다.

어째서지?

내심 비명을 질렀다.

조바심은 패닉으로 이어져서, 움켜쥔 샤프 끝이 부들부들 떨리기 시작한 것을 보고 나는 숨을 멈추었다.

눈을 감았다. 천천히 숨을 내쉬고, 그리고 내쉰다.

냉정해져야지.

진정해라, 나.

이번에 힘을 내야지.

그러나 그렇게 마음을 먹어도 모래는 미끄러져 떨어진다.

답안용지에 공백란을 남긴 채, 무정한 차임이 끝을 고했다.

그날 밤—.

아사무라 군은 역시 대단하네. 그가 만들어준 고등어 된장양념구이를 입에 넣고, 나는 감탄을 느꼈다.

된장이 풍기는 희미한 달콤함이, 아사무라 군의 상냥함 같았다.

고등어에는 머리의 움직임이 좋아지는 DHA가 많이 들어 있다.

3학년이 된 뒤로 서로에게 집중력이 부족하다는 이야기는 했었지만, 나는 그것을 요리와 연결 지어 생각하지 못했다.

고등어를 메인 반찬으로 한 것은, 분명히 집중력 부족을 보충하기 위한 그 나름의 궁리인 거겠지.

—그리고 완성된 고등어의 된장양념구이를 식탁에서 발견했을 때 나는 그걸 깨닫고서, 문득 「아」하고 소리를 내버렸다.

그러나 나는 내 켕기는 사정 때문에 화제를 꺼내지도 못했다.

왜냐면 화제로 꺼내 버리면, 자연스럽게 오늘 시험의 손맛을 말하는 흐름이 될 거라고 생각하니까. 그리고 지금까지 그를 위해서 요리로 궁리를 안 했던 것에 미안함도 느껴진다. 요리를 잘하기는 무슨.

결과적으로 나는 아사무라 군에게 담백한 태도를 취해 버렸다.

테이블 맞은편의 아사무라 군이 눈치 못 채도록 시선을 보냈다. 묵묵히 식사를 하는 표정을 봐서는, 무슨 생각을 하는지 읽어낼 수가 없다.

그는 지금, 나를 어떻게 생각하고 있는 걸까……?

생각하자 무서워졌다. 기껏 둘이 있는데, 남들 눈을 신경 쓸 필요도 없는데, 어떤 대화를 하면 좋을지 알 수가 없었다. 얼마 전까지는 일상의 사소한 일까지 서로에게 전할 수 있었는데.

아니면 어색함은 나만 느끼는 걸까?

맛있는 고등어의 맛도 느껴지지 않게 된다.

시험 기간이라 연인다운 스킨십은 봉인했다. 그렇게 자기가 먼저 부탁했고, 아사무라 군은 싫은 기색 하나 없이 동의해 주었다.

그런데도—.

서로 닿기를 바랄 수 없기 때문에, 지금의 나는, 그가 나를 좋아한다고 말해주는 것에마저 자신을 가지지 못하고 있었다. 지금도 눈앞의 이 사람은 나를 좋아해주는 걸까 의심하게 된다. 그는 나만큼 서로 닿고 싶다고 바라지 않는 게 아닐까……?

왜냐면, 만약 그가 나 정도로 강하게 바란다면, 지금 이 순간에도 이렇게 가까이 있으니까, 뭔가 해줄 수도—.

잠깐. 그게 무슨……?

"아야세 양?"

"어? 아."

"혹시, 몸 안 좋아?"

"아니. 괜찮아."

반사적으로 고개를 옆으로 저었다. 어떻게든 젓가락을 움직여서 고등어를 집어 입에 넣었다.

이제 맛은 알 수도 없다. 하지만 필사적으로 젓가락과 입을 움직였다.

걱정을 해주는데. 나는 자신이 지금 막 생각해버린 것을 그가 간파하는 것이 싫어서 아무것도 아닌 것처럼 꾸몄다.

나는 내 머리에 스친 사고를 깨닫고 내심 몸을 움츠렸다.

그가 나눈 약속을 깨고 억지로 끌어안아준다면.

그렇게 생각한 거야? 내가?

눈앞이 안개가 낀 것처럼 어두워진다.

자신의 생각에 스스로 기겁해 버린다. 기분이 나쁘다.

나는 자각해 버렸다.

이렇게나 그의 온기를 갈망하고 있다고. 그리고 그것을 스스로 말하고 싶지 않은 것 같다.

이유는 간단히 상상할 수 있었다. 수험이니까 서로의 스킨십을 삼가 하자고 스스로 정한 규칙을 스스로 깨지 않을 수 있으니까. 그가 먼저 닿기를 바라준다면 내 의지가 약한 거라고 생각하지 않을 수 있다. 이 타오르는 것처럼 그를 바라는 초조감을 지우고 싶다. 안정된 마음이 필요하다. 그가 끌어안아 준다면 그대로 잠들어버린 밤처럼 아마 나는 안도를 얻을 수 있다. 그러면 분명 더욱 공부에도 집중할 수 있다.

거기까지 생각해버리고 나는 오싹해졌다.

아사무라 군에게 어리광을 피우지 않으면 자신을 컨트롤하는 것마저 못하는 건가?

그래서는, 자신을 컨트롤하지 못하고, 엄마에게 불평을 쏟아내던 아버지랑, 뭐가 다른 거지?

이성과 정반대에 위치한 충동을, 나는 언제나 기피해오지 않았었나?

어리광은 안 돼. 애정을 의심하고, 과하게 바라게 되면 안 된다. 나는 내가 싫어한 내가 되고 싶지 않아.

부끄러운 사고를, 나는 입 안의 밥과 함께 목 안쪽에 억지로 삼켰다.

●6월 1일 (화요일) 아사무라 유우타

　교실 풍경의 색이 밝아졌다.

　6월부터 하복이라서, 교복은 묵직한 색의 겉옷을 벗고 가벼운 색으로 바뀌었다.

　기온도 서서히 상승해서, 오늘은 햇살 아래서는 더울 정도다. 교실의 창도 오전부터 전부 열려 있었다.

　기분도 업되는 계절.

　……그렇다면 기쁘겠지만, 유감스럽게도 스이세이 고교 3학년에게 오늘은 오히려 흐리고 흐리며 군데군데는 소나기도 내리는 날이다.

　방과 후의 조례 시간. 반 전체가 술렁거렸다. 말의 색채도 희비가 담겨 있는 기색이고, 평소였다면 타이르는 말을 할 담임도 오늘만큼은 이 자리를 수습하려 하지 않았다.

　무리도 아니군. 나는 손에 든 프린트를 보았다.

　중간고사 결과가 나왔다.

　각 교과별 점수는 담당 교사가 반납해준 답안지를 보고 있으니까 이미 알고 있었다.

　지금 들고 있는 건, 모든 교과의 점수가 정리된 성적표였다. 순위나 평균 점수는 물론 교내 편차치까지 실려 있는 물건으로, 요컨대 자신의 학력을 비추는 거울이다.

인쇄된 숫자에 눈을 내렸다.

내 평균은 거의 74점.

떨어졌다…….

학년 평균을 기준으로 하면 나쁘지 않다. 나쁘지는 않지만, 지난번보다 점수가 떨어져버렸다.

작년이라면 신경 쓸 정도도 아니었지만, 올해는 다르다. 수험이 다가오니까. 당연하게 전체 평균이 올랐다. 주변 학생들에게 수험생으로서 자각이 싹트기 시작했을 거야.

그런 가운데 성적이 저하했으니 문제가 심각했다.

순위가 거의 떨어지지 않았다는 건 구원이 되지 못한다.

전에 요미우리 선배 이야기를 들었을 때 되도록 좋은 대학에 들어가 장래에 대한 넓은 선택지를 가질 수 있도록 하자, 라고 무르게 생각했었는데 이대로는 그런 말을 할 수가 없다.

무엇보다 떳떳할 수가 없다. 아버지에게도, 아야세 양에게도.

초조함을 느끼고, 문득 아야세 양은 어떤가 싶어 그녀에게 눈길을 돌렸다. 그러나 그 옆모습에서 아무것도 읽어낼 수가 없다.

안 좋았는지도, 변함이 없는지도.

교실 전체를 보면 모두 분위기가 가라앉아 있다. 설령 성적이 오른 사람이 있어도, 그렇다. 애당초 시험 결과가 나온다는 상황 자체가, 자신들의 수험생이라는 입장을 자각시켜버리니까.

그러니까 대각선 앞에 보이는 아야세 양의 옆모습이 약간 고개를 숙이고 있다고 해도, 그것에서 간단히 그녀의 감정을 읽어내는 건 어려웠다. 조금 난처한, 것처럼 보이긴 하지만.

어쩌면 그녀도 나랑 같은 상황이라 내려간 걸까?

아니, 나는 무슨 생각을 하냐.

아야세 양의 결과가 어땠든지 내 한심한 평균 점수가 오르지 않는다.

그런데도 자기평가가 내려간 조바심 탓에 그녀의 모습을 살피다니. 마치 나랑 마찬가지로 점수가 떨어져 달라고 바라는 것 같잖아.

최악이군. 설령 한순간 든 생각이라도, 자신이 안심하고 싶어서 그녀의 성적 부진을 기대하다니.

그리고 그녀는 자습이 가능하다. 이번 시험에서도 학년 순위가 올랐을 가능성이 높아. 그저 주변에 대한 배려로 너무 기쁨을 드러내지 않는 것뿐일지도 모른다. 그렇게 상상하자, 그건 그거대로 말로 표현하기 어려운 불안이 느껴졌다.

어떻게든 마음을 전환해서 성적을 올리고 싶다. 그걸 위한 무언가, 계기가 있으면 좋겠는데.

계기가 없으면 집중력이 돌아오지 않을 거야.

종례가 끝나고, 학생들이 교실을 나선다. 아야세 양도 나를 힐끔 보고서 나갔다. 참고로 요시다는 이미 교실에서 사라졌다. 운동부는 6월이 되면 이미 은퇴하고 후배에게 자리를 물려주거나, 요시다처럼 마지막 힘을 짜내는 두 경우가 있다.

마루가 있었다면 하는 생각도 든다.

마루였다면 평소처럼 서로 시험 결과를 말했겠지만, 야구부의 3학년은 마지막 여름이다. 섣불리 상담이라도 하면 폐가 될 거야. 마루도, 그리고 아마도 테니스부의 신죠도 부활동과 공부로 벅찰 거다. 폐를 끼치고 싶지 않다.

나는 성적표를 가방 안쪽으로 넣었다.

생각해 봐야 소용없다. 약한 소리를 해도 수험은 온다. 대책을 짜지 않으면 이대로 점수가 계속 내려갈지도 모른다.

화요일 방과 후. 평소에는 이대로 알바를 간다.

그러나 중간고사가 있었으니까, 서점에는 미리 연락을 해서 오늘까지 쉬기로 했다. 그 시간에 집중해서 학원 강의를 잡아뒀다.

오늘도 강의가 있다.

자전거로 달려서 나는 학원으로 갔다.

성적이 내려가기도 해서, 나는 다시 기합을 넣고 강의를 들었다.

평소보다는 집중이 된 것 같다.

그러나 그래도 아직 부족하다는 마음도 있다. 강의 끝을 알리는 종소리와 함께, 나는 다시 마음을 전환할 계기에 대해 생각하기 시작했다.

알바 대신 잡은 학원 강의도 오늘로 끝이니까, 사태는 꽤 급박하다.

계기는 학원에서 그야말로 돌아가려고 할 때 찾아왔다.

발견한 순간에, 이거다, 싶었다.

출입구 근처의 게시판 앞, 나는 한 장의 포스터를 보고 발을 멈추었다.

곧장 집에 돌아가려던 내 시야에 우연히 들어온 알림은 박력이 있는 폰트로 이렇게 적혀 있었다.

『하기 집중 공부 합숙』.

숙박을 하면서 수험을 향해 집중 학습을 할 수 있다고 한다.

언제부터 붙어 있었는지는 전혀 기억이 안 난다. 그러나 오늘 이 타이밍에 보게 됐다는 사실이야말로 나 자신이 신경 쓰고 있었다는 것을 드러내는 게 아닐까?

특히 『집중』이라는 두 글자에 이끌렸다.

이번 중간고사에서 한심한 점수의 원인은 틀림없이 집중력 부족이다.

아야세 양과 같은 반이 되었으니까, 아무래도 그녀를 의식해 버리고 있었다. 최근에는 아무 일 없었지만, 정신이 딴 데 팔려 있는 나날이 이어지고 있다. 같은 장소에 있으면 그녀를 눈으로 좇게 되고, 집에서는 마주치지 않을 때도 옆방에 있으면 의식하기만 해도 신경 쓰인다.

아야세 양 탓이 아니다. 다만, 이대로 그녀 곁에 계속 있으면, 깨달았을 때는 돌이킬 수 없게 되어 버리지 않을까? 시험 결과 전에 느낀 불안의 정체가 보인 것 같았다.

신경 쓰이는 것을 손이 닿는 거리보다 멀리 둘 필요가 있다─.

의식하지 않도록 한다는, 그런 의식마저 가지지 않아도 되는 거리까지 멀어진다.

게시판의 포스터를 바라보면서, 여름 방학 일을 생각해 봤다.

알바는 줄일 셈이다. 그렇잖아도 성적이 떨어지고 있는데다가, 애당초 수험생이다.

그 시간을 이용해 학원에 갈 수도 있다. 아야세 양은 학원에 안 다니니까, 학원에 가 있는 시간은 집중할 수 있을 거야.

실제로, 오늘도 어느 정도 효과가 있었다.

다만 금전적으로는 더 이상 강의를 늘릴 여유가 없었다. 알바도 쉬게 되니까, 점점 더 엄격해진다.

강좌를 받으러 가긴 하겠지만, 지금 이상으로 늘리는 건 어렵다. 후지나미 양처럼 자습실을 이용할까? 그렇게 생각했다가 잠깐, 하고 생각했다. 불볕에다 혼잡한 시부야역 근처까지 걸어와서 지쳤는데 그 뒤로 공부를— 너무 효율이 나쁘지 않아?

그렇게 생각해 버렸다.

그러나 이대로는 필연적으로 집에 있는 일이 많아진다. 그러면, 어떻게 될까?

아야세 양이랑 보내는 시간이 늘어난다.

아침에 일어나면 마주치고, 점심은 서로 교대로 만들고, 저녁에 휴식이라도 하면 거실에 함께 있게 되고, 밤에는 당연히 같은 식탁에 앉는다.

이건 안 돼. 아니, 나쁘진 않다. 오히려 기쁘지만. 그렇기에 기뻐할 수가 없다.

평범하게 지내는 지금마저도 이 꼴이다. 학교도 안 가고, 아침부터 하루 종일 한 지붕 아래 있게 된다면.

나는 게시판에 부속된 봉투에서 하기 합숙의 전단지를 집었다.

아야세 양과의 장래를 위해서, 굳이 한 번 거리를 둘 필요가 있을지도 모른다.

건물에서 나와, 문득 올려다본 하늘은 두꺼운 구름에 뒤덮여 있었다.

날씨는 어느샌가 내리막에 접어들었는지, 피부를 더듬는 바람도 습기를 띠고 있었다. 비의 냄새가 난다.

나는, 각오와 함께 학원을 떠났다.

주륜장에서 자전거를 타기 전에 휴대전화를 확인하자, LINE 메시지가 있었다.

"……아버지?"

앱을 기동해서 읽었다.

【긴급회의가 잡혔다. 아키코 씨 경유로 사키랑 교대했다.】

응? 아아, 식사 당번이구나.

오늘은 화요일이니까 아버지가 식사를 만들어야 했다. 본래 내가 알바를 하던 요일이니까 아버지의 당번일이고. 그래서 학원 수강도 할 수 있었지. 내가 돌아가는 게 늦어지는 건 아버지도 알고 있었다. 교대한다면 아키코 씨나 아야세 양에게 의지할 수밖에 없다. 아키코 씨에게도 용건이 있었거나, 아야세 양이 시험이 끝났으니까 교대를 해준 거겠지.

그렇다면 아버지는 오늘도 늦는다는 거고, 아야세 양은 분명 먼저 식사를 하지 않고 기다리고 있을 거야.

얼른 돌아가서 도와야지.

나는 그렇게 생각하고 자전거에 올라탔다.

전단지를 챙겨서 돌아가는 나는 아주 조금 기분이 상향

되어 있었다.

시부야의 거리를 통과해, 나는 자택 맨션을 향해 페달을 밟는 발에 힘을 주었다.

비가 내리기 전에는 돌아갈 수 있겠어.

내 예상은 절반 맞고 절반 틀렸다.

맨션의 주륜장에 들어가 자전거를 세우고, 나는 LINE으로 아야세 양에게 귀가를 알리는 메시지를 보냈다. 시험 결과가 나왔다고 들떠서 놀러 가는 성격이 아니니까, 아마도 이미 돌아와 있을 거야.

착신음이 울리고, 금방 답신이 왔다.

【미안. 아직 안됐어. 조금만 기다려 줘.】

어라, 하고 생각했다.

아야세 양한테 딱히 용건이 없는 날이라고 생각했으니까 뜻밖이었다. 교실도 나보다 먼저 나갔었고.

자택의 문을 열고, 「다녀왔습니다」라고 말했다.

대답이 없고, 키친 쪽에서 소리가 난다.

들여다보러 갔더니, 아야세 양이 급하게 요리를 준비하고 있었다.

"아, 어서 와. 미안. 조금 늦어 버렸어. 금방 준비할게."

"괜찮아. 나도 도울게."

가방을 두고서 재빨리 옷을 갈아입고 나는 키친에 들어

섰다.

돕는다고 해도 지나치게 나서지는 않는 정도다.

역할을 분담하고 있는 이상 되도록 원칙을 깨지 않도록 한다는 것이, 우리들이 대화로 결정한 규칙이니까. 굳이 그러지 말고 한가한 사람이 하면 되지 않냐는 생각도 있다. 그러나 임기응변으로 서로를 지탱한다고 하면 듣기는 좋지만, 당번제를 무너뜨리는 건 위험하기도 하다.

익숙하다는 것은 참 무서운 것이라, 한 번 도움을 받으면 다음에도 도움을 기대하게 되고, 종국에는 도와주지 않는 것을 비정하다 고마저 생각하게 된다.

서로를 생각하기에, 처음에 정한 방침을 무너뜨리지 않는 것이 중요하다.

그래서 당번을 교대한 아야세 양이 저녁을 만들고, 나는 어디까지나 조금 돕는다는 포지션을 지키는 것이 건전하다고 할 수 있다.

어찌어찌 준비를 마치고 둘이 나란히 자리에 앉았다.

"잘 먹겠습니다."

아야세 양이랑 마주 앉아 손을 마주 댔다. 조금 늦은 저녁이다.

오늘 메뉴는 된장국, 시금치와 튀김 조림, 연어와 버섯의 버터 찜. 그리고 흰 쌀밥과 무절임이었다.

척 봐서는 알기 어렵지만, 시간 단축의 기술이 빛나는

것들이다. 뭐, 나도 작업을 같이 안 했으면 눈치 못 챘을지도 모르지만.

우선 된장국으로 입 안을 적신다.

안도의 한숨. 겨울도 아닌데 이런 동작을 해버리는 건 어째서일까? 단순하게 된장국이 뜨거워서일까?

건더기는 미역과 대파.

바다의 향이 부드럽게 펼쳐진다. 맛있어.

미역은 물로 불렸을 뿐이고, 대파는 냉동해둔 것이라 그렇게 수고가 안 든다. 냉동하면 질이 한 단계 떨어지니까 되도록 생야채를 쓰고 싶다는 것이 아야세 양의 고집이라고 하는데, 간편함과 맛을 천칭에 걸어보고 전자를 고른 모양이다.

사온 대파를 썰어서 지퍼백에 넣어 냉동해두면 언제나 필요한 만큼 쓸 수 있는 것이다. 분명히 생야채하고는 조금 다르지만, 충분히 맛있다고 생각한다.

이어서, 시금치와 튀김 조림에 젓가락을 뻗었다.

튀김을 천천히 씹자, 간장과 어우러진 국물이 쭉 스며나온다. 시금치도 부드러워서 맛있다.

이건 간단해 보여도 경험이 중요한 요리다.

만들어둔 시금치 절임과, 이미 잘라둔 튀김을 냄비에 넣은 아야세 양이 어림잡아서 조미료를 더해가고, 적당한 때에 불을 꺼서 식혔다. 조림은 식힐 때 맛이 스며드는 거라고 한다. 다른 것들이 완성될 무렵에 먹기 좋은 온도가 되는 타이밍에서 불을 끄다니, 나는 일단 못한다.

아야세 양 말로는 간편하다고 한다. 왜냐면 식재료를 넣기만 하면 되잖아, 라고 했으니까.

경험자는 자신의 당연함이 타인의 당연함이 아니라는 걸 잊는 경향이 있어.

나도 할 수 있는 간편함이란 것은, 그래. 예를 들어 이 연어와 버섯의 버터 찜 정도다.

연어 살을 젓가락으로 발라내고, 버섯과 아울러 입으로 옮긴다.

간장과 버터의 향이 부풀었다. 곧장 쌀밥에 젓가락을 뻗어버린다. 버섯은 느티만가닥버섯이라는 이름의 버섯이다. 가열해도 탱글탱글한 섬유가 느껴지는 것이 좋은 버섯이군.

오늘의 메인 디쉬는 밥도둑으로 훌륭하게 활약하고 있다.

놀랄 일이야. 설마 이렇게 맛있는 걸 전자레인지로 만들 수 있다니.

그래. 나도 할 수 있다고 한 것은 전자레인지 버튼을 누르는 것이다.

프라이팬이나 그릴로 굽는 방법이 일반적이라고 하는데, 오늘은 시간 단축의 날. 그들이 나설 차례가 없었다. 그리고 너무 지나치면 나에게 주어진 『돕는다』의 범주를 넘는다.

시간 단축, 그리고 간단하다.

그런 제멋대로인 요구를 이루어준 것이 이 『레인지로 간단하게! 연어와 버섯의 버터 찜 레시피』였다.

아야세 양의 레시피 스톡에는 늘 놀란다.

제대로 만들고 싶다고 말하면서도, 현실적인 라인도 확실하게 짚어두고 있는 것이 그녀답다.

내가 한 것은 그녀의 지시에 따라 적절한 시간 동안 레인지를 돌린 것 정도다. 식재료를 써는 것도 간을 하는 것도 아야세 양이 했다. 그런데, 내 취향의 맛이 되어 있다. 딱 좋게 기름지고 간이 되었다. 세세하게 주문을 한 적이 한 번도 없는데 그녀는 언제 내 혀에 튜닝을 해준 걸까?

그래서 김이 피어오르는 따뜻한 밥을 먹고 있으면, 차가운 것도 먹고 싶어진다. 그럴 때 나서는 것이 무 절임이다.

오독오독한 식감도 쌀밥과 대조적이라, 그것이 편안하게 식사에 색채를 더해준다.

아야세 양의 요리는 역시 맛있다.

저녁 식사를 즐기고 있는데, 아야세 양이 문득 말을 꺼냈다.

"이제 곧…… 1년이, 되잖아."

젓가락이 멎었다.

무슨 이야기일까? 음, 아아.

만난 지, 같이 살기 시작한 지, 그렇게 지났구나.

"그때는 놀랐어. 초등학생이 올 줄 알았는데 같은 나이의 여자애가 왔으니까."

"있었네, 그런 일."

아야세 양이 쓴웃음을 지었다.

만났을 때를 떠올린 게 틀림없다.

사진 찍는 것을 좋아하지 않는 그녀는 사진이 어린 시절 것밖에 없었고, 게다가 아키코 씨가 말하는 걸 깜빡 했었다. 그래서 나는 나이가 떨어진 여동생이 생기는 거라고 생각했다.

"나 말야, 조금 각오하고 있었어."

"각오?"

"말이 안 통하는 사람과 사는 거. 그래서 나타난 게 아사무라 군이라 다행이었어. 간격 조정을 받아주는 사람이라 다행이라고."

"그건 나야말로……."

퍼뜩 생각했다.

『나는 당신에게 아무것도 기대하지 않을 거니까, 당신도 나에게 아무것도 기대하지 말아줬으면 해.』

처음 만났을 때, 아야세 양이 그렇게 말했었지.

상대에게 기대하지 않는다. 그러면서 상대와 적절하게 관여한다는 규칙. 그것이, 우리들의 간격 조정이었을 텐데.

저녁 식사 당번 문제도 같은 거라고 깨달았다.

서로의 영역을 넘지 않기 때문에 절도를 유지할 수 있다. 하지만, 영역을 넘지 않으려면 대화를 빼놓을 수 없다.

　우리는 그렇게 지금의 관계성을 구축해왔다.

　가사 분담은 되고 있는데, 정작 현재 상황은 말을 꺼내지 못하다니 우습군.

　전하는 것을 게을리 했을지도 모른다, 나는.

　지금 새삼 그렇게 느꼈다.

　"아야세 양, 있잖아."

　나는 밥그릇과 젓가락을 천천히 내렸다.

　그리고 요즘 느낀 꾸물꾸물함을 숨기지 않고 말했다.

　학년이 바뀌고 반이 같아진 뒤부터 아무래도 집중력이 부족하다는 것. 현재 상황을 바꿀 수 없었다는 것. 성적이 신통치 않은 것. 그리고 무엇보다도, 그런 문제가 있는데도, 무의식중에 못 본 척 하고 있었다는 것.

　아야세 양도 젓가락을 멈추고 들어주었다.

　대강 이야기를 마치자, 그녀는 천천히 입을 열었다.

　"나도. 똑같았어."

　"어."

　"성적도 떨어졌고, 수업 중에 졸기도 하고……."

　놀랐다. 내 귀를 의심해 버렸다.

　수업 중에 졸았다고? 집 밖에서는 완전무장인 아야세 양이?

　"간격 조정을 하려고 하지 않은 건 나도 마찬가지야."

눈치 못 챘다. 아니, 눈치 챌 수가 없었다. 나에 대한 것으로 머리가 꽉 차서 아야세 양에 대해서까지 생각할 여유가 없었다. 그녀도 고민하고 있었다니.

"하지만, 어제까지의 나였다면, 분명 간격 조정을 해도 잘 안 됐을 거라고 생각해. 사실은 말야⋯⋯."

그녀는 오늘 있었던 일을 말하기 시작했다.

방과 후에 아야세 양은 츠키노미야 여자대학까지 가서, 최근 자신의 컨디션 난조에 대해 쿠도 준교수에게 상담을 했다고 한다.

"내가 들은 것을 아사무라 군도 들어 줘. 그리고 같이 생각해 줘."

아야세 양이 그렇게 말하고, 쿠도 준교수와 나눈 대화를 말하기 시작했다.

키워드는, 「공의존」이었다.

●6월 1일 (화요일) 아야세 사키

하교 중에 빌딩 사이로 하늘을 올려다보았다.

수업 시간에는 그렇게 파란색이었는데 하얀 구름이 늘어 있었다.

해가 기울고, 바람이 닿는 피부에 소름이 돋는다. 반팔 셔츠에서 뻗은 내 팔을 쓰다듬었다.

쌀쌀해지기 시작했어. 비라도 내리는 걸까?

시선을 내렸다. 괜히 신경 쓰이는 보도의 금이나 돌기를 발견했다.

로퍼의 발끝으로 툭 걷어찼다.

……아파.

평범하게 아팠다.

"뭘, 하고 있는 거지……."

흘린 말은 누가 듣기 전에 바람이 채어갔다.

역 앞 번화가의 귀가길. 걸으면서 나는 시험 결과에 충격을 받고 있었다.

오늘로 채점한 답안 용지가 모두 돌아왔다. 그러긴커녕 학년 전체의 평균 점수나 내 편차치 등의 여러 가지가 포함된 성적표도 나왔다.

떨어졌다.

순위도, 평균 점수도.

2학년 때보다도 떨어져 버려서, 나는 눈앞이 깜깜해졌다. 무서워서 아사무라 군을 볼 수가 없어서, 도망치듯 교실을 떠나고 말았다.

"어째서……."

중얼거렸지만, 원인은 자각하고 있었다.

그것을 원인이라고 말하고 싶지는 않지만, 이렇게 되어 버린 이상, 이제 눈을 계속 피하고 있을 수는 없다.

원인은 아사무라 군이다. 아사무라 유우타라는 사람과 사람족 포유동물의 존재 자체다.

보다 정확하게 말하면, 그 존재에 의식이 쏠려 버리는 내 약함이다.

의붓 오빠의 존재가 내 면학에 대한 집중력을 가로막고 있다. 그렇다. 아사무라 유우타와의 의매생활이 모든 것의 원인이라고도 할 수 있…… 진정해, 사키.

진정해. 조바심내지 마.

엄마의 지금 생활을 부술 수는 없어.

내년에 수험을 앞둔 아이를 가진 부모들끼리, 아이들에 대해 아무런 배려도 없이 동거를 할 리가 없다. 나 자신은 엄마에게, 무리일 것 같으면 졸업할 때까지 별거한다. 아예 결혼도 내가 대학 졸업할 때까지 기다린다. 라는 안도 들었다. 애당초 나 자신이 졸업한 뒤에는 혼자 살기 시작할 테니까 1년 반만 참으면 돼. 내가 완고하게 말해서, 두 사람은 결혼을 좀 더 편하게 결정할 수 있었다.

나는 엄마가 행복해지길 바랐다. 나를 위해서 연기나 포기 따위는 하지 않기를 바랐다. 나는 리스크를 알고서 아사무라 가족의 집으로 갔다.

그렇기에 나는 아사무라 군에게, 나는 당신에게 아무것도 기대하지 않을 거니까, 당신도 나에게 아무것도 기대하지 말아줬으면 해, 라고 강하게 말했다. 그와 거리를 두고 싶었다.

그랬는데…….

어째서 자신의 마음인데 자신의 마음대로 다룰 수 없는 걸까?

"어쩌지."

이런 마음을 품은 채 집으로 돌아가기 싫어서, 나는 지극히 드물게 눈에 띈 패스트푸드점의 자동문을 지났다. 교복 차림 그대로 이런 가게에 혼자 들어가는 건 어쩌면 인생에서 처음일지도 모른다. 주문한 핫 커피 하나를 끌어안고 앉았다. 팔꿈치를 괴고 갈색 액체를 홀짝홀짝 마시면서 생각했다.

어떻게 된 건지 지금 상황을 정리해서 검토하자.

지금 상황— 수험생인데도 불구하고 성적이 떨어져 버린 상황이다.

내 머릿속에서 재판이 시작됐다.

원고는 나. 피고 나. 방청인 나. 재판관도 물론 나다.

죄목은 학력 저하.

우선 원고측 검사가 규탄했다.

―원인은 아사무라 유우타다! 그의 존재를 말소해야 한다!

―이의 있습니다!

피고측 변호사가 외쳤다.

재판관이 나무망치를 내리쳤다. 정숙을 외쳐 자리를 진정시키고, 검사에게 자세히 말하도록 재촉했다.

방청석까지 포함해서 조용해졌다. 모두 진지한 표정이었다. 모두 나지만.

검사가 발언했다.

―명백하게 아야세 사키의 공부에 대한 집중력이 떨어져 있습니다.

아무도 이의를 표하지 않았다. 정확히 그렇다.

―원인은 아사무라 유우타. 그의 존재가 머릿속에 힐끔거려서, 눈앞의 교과서 문자가 춤을 추고, 펜이 멈추고, 해마는 방해를 하고 있습니다!

단숨에 그렇게 말했다. 해마란 게 뭐야? 방청석에 있던 7살의― 친아버지가 상냥했던 무렵의 내가 고개를 갸웃거리고, 친아버지의 어머니에 대한 취급이 심했던 시절의 비뚤어진 눈동자를 한 13세의 내가 「글쎄?」라며 어깨를 으쓱

거리고, 17세의 내가 「해마란 건 기억을 계속 기억해둬야 할지 아닐지 판단하는 뇌의 일부야」라고 해설했다.

요컨대, 기억을 땡땡이 치고 있는 거네. 그걸 검사가 어렵게 말하는 것뿐이야. 높은 사람은 어려운 말을 쓰려고 한다.

참고로 이번에도 이의는 없었다. 여기까지는 모든 아야세 사키가 동의하는 모양이야.

─이렇게 피고는 면학에 대한 집중력이 현저하게 저하되었으며, 그 원인은 명백합니다. 피고는 아사무라 유우타의 존재가 면학보다 신경 쓰이게 되었습니다.

그렇게 말하고서 검사가 피고측을 노려보았다.

변호사가 검사를 노려보았다.

재판관이 변호사측으로 고개를 돌렸다.

─검찰측의 진술을 인정합니까?

변호사가 대답했다.

─인정합니다.

어어!? 나는 내심 비명을 질렀다. 인정하는 거야!? 그건…… 뭐, 응. 신경 쓰여 버리지. 좋아하게…… 된 상대니까.

─그러나 재판관님!

변호사가 반론을 시작했다. 좋아.

─피고가 아사무라 유우타에 대한 연심을 자각한 것은?

여, 여여여, 연심?! 나는 다시 내심 비명을 질렀다. 대체

왜 그렇게 창피한 워드를 초이스하는 거야? 사고 속의 재판장에서 방청하고 있는 내가 허둥지둥 손을 휘두르면 창피해했다.

재판관이 나무망치를 때렸다.

정숙하세요, 아야세 사키.

혼났다. 어째서 나는, 스스로 자신을 혼내고 있는 거지…….

—계속합니다. 연심, 아니, 연모의 정을 아야세 사키가 의식한 것은 3학년이 되기보다 훨씬 과거였습니다. 만약, 그 감정을 대상의 남자에게 향한 것이 원인이라면, 성적 저하는 훨씬 과거부터 일어났을 것입니다!

변호사는 논리정연하게 말했다. 이 변호사, 머리 좋아! 나지만.

그리고 여기서 나 자신도 자각했다.

성적 저하는 3학년이 된 뒤부터다. ……어째서일까?

검사가 「이의 있습니다!」라고 외쳤다.

—저는 원인이 연모의 정이라고 말하지 않았습니다.

퍼뜩 깨달았다.

자신의 사고인데도 불구하고, 나는 숨을 멈추고 검사의 다음 말을 기다렸다.

—이러한 상황이 일어난 원인이 어디에 있는지는 명백합니다. 사태가 심각해진 것은 피고가 고교 3학년이 된 뒤부터이며, 다시 말해서 피고의 환경에 변화가 있었기 때문입

니다.

아, 응. 분명 그렇다.

—피고인 아야세 사키는 2학년 후반에 아사무라 유우타와 서로서로를 좋아하고 있다는 것을 확인했으며, 여기서 연인 계약을 맺었다고 볼 수 있습니다.

여기서, 연인— 마지막까지 말하기 전에 재판관이 망치를 두드렸다.

네, 입 다물게요.

—그리고 팔라완 비치의 구름다리 위에서 끌어안고, 입맞춤까지 나누고, 하물며 함께 침대에서 끌어안은 채 잠들어버리기까지 했습니다. 여기서 피고에게 묻겠습니다.

이쪽으로 총알이 날아왔다.

—그 잠들어버린 날의 다음날. 당신 상태는 어땠죠?

나는 기억을 다시 훑어보았다. 아사무라 군이랑 같이 잠들어버린 다음날…… 그렇다. 수업중인데도 인생에서 처음이라고 해도 될 정도로 졸아 버렸다. 무심코. 역시 학력 저하는.

—아닙니다. 면학의 이야기가 아니라, 당신 상태는?

어? 아아. 그렇지. 그 날은 하루 종일 상태가 안 좋았어. 알바할 때도 실수만 하고. 집으로 돌아와서도 헤드폰을 낀 채 자버렸다. 아무래도 졸음이 앞서서 어쩔 수 없이 그대로 침대에 들어갔다.

—피고는 의식적으로 잊으려 한 것 같습니다만, 아야세 사키는 당시 상당히 수면부족이었습니다.

나는 숨을 삼켰다.

—왜냐하면, 3학년이 된 뒤부터 집중을 못하고, 수험 공부가 안 되고, 그 탓에 공부에 걸리는 시간이 증가해가고 있었기 때문입니다. 밤늦게까지 책상에 앉아서, 그래도 끝나지 않았어요.

아······.

—언제 수업 중에 졸아도 이상하지 않은 상황이었죠. 그럼에도 그날까지 견디고 있었어요. 그러면 어째서 그 날은 잠들어 버렸을까요?

아아, 안 돼. 나는 알고 싶지 않은 결론을 향해 추론을 진행하고 있었다. 안 돼. 말하지 마말하지 마말하지 마말하지 마말하지 마.

—피고는, 전날에 아사무라 유우타와 포옹을 했을 때 마음의 안녕을 얻어버린 겁니다!

아.

아아······.

—뭐, 쉽게 말하면, 안심해서 한숨 돌리고 긴장이 풀려버린 거군요!

게슴츠레한 눈으로 검사가 피고석의 나를 가리켰다.

사람한테 삿대질하면 안 돼. 그 손가락을 깨물어 버릴

까. 궁지에 몰린 나는, 그런 생각을 하면서 검사를 노려보고 있었다. 둘 다 나지만.

그랬더니 변호사까지 어깨를 으쓱거리고 말했다.

—아, 네. 동의합니다.

하지 마.

—방심한 거죠~. 안심한 거죠~. 그리고 그때까지의 피로가 단숨에 몰려왔다. 그 탓에 몸이 안 좋았던 겁니다.

잠깐 기다려. 어째서 나는 검찰측과 변호사측에 둘 다 규탄 받고 있는 거야?

재판관이 안경을 쓱 올렸다.

—허어? 그러면, 어떤 결론이 나는 것인가요?

검사와 변호사가 둘이 동시에 말하기 시작했다. 머릿속 재판장에서는 좌우에서 완전히 같은 말이 들렸다.

—결론은 명료합니다.

—피고에게 아사무라 유우타는, 말하자면 라이너스의 담요! 둘둘 말고 있어야 안면할 수 있고, 없어지면 불안해서 잠들 수가 없어요. 피고는, 아사무라 유우타와 3학년이 된 뒤부터 같은 반이 되어, 서로의 거리가 더 접근했다고 할 수 있습니다. 그럼에도, 교류는 2학년 때보다도 줄었습니다. 안면 베개 아사무라 유우타가 부족한 상태가 이어지고 있으며, 이것이 그녀의 수면부족을 일으키고 있으며, 학력에 대한 집중을 저하시키는 상태이상을 일으키고 있습니

다. 피고는 심각한 아사무라 유우타 결핍입니다!

아, 아사무라 유우타 결핍!?

검사와 변호사의 발언에, 호오~! 기가 막혀. 그렇구나! 하고 방청석의 일곱 살 아야세 사키가 열세 살의 아야세 사키가 열일곱 살의, 그와 만나기 직전의 아야세 사키가 깊숙하게 고개를 끄덕였다.

아무도 이의를 제기하지 않는다. 매우 납득했다는 표정 뿐이다.

거짓말이 아니고?

하지만, 만약 정말로 그렇다면 어떡하지?

내 집중력 부족은 심각한 아사무라 유우타 결핍에 따른 것일까? 더욱 직접적으로 말하자면, 허그나 키스나 곁잠을 자는 게 부족하다는 걸까? 충분히 섭취하면 2학년 때처럼 돌아갈 수 있을까?

그러나 검사가 다음으로 예상 밖의 말을 던졌다.

—아야세 사키에게서 『라이너스의 담요』를 몰수해야 한다고 주장합니다.

—아사무라 유우타와 결별을!

어째서, 그렇게 되는 거야!

헉.

나는 무심코 입가를 양손으로 막았다. 어. 지금, 나, 진짜로 소리친 거 아니지? 눈을 뜬 나는 조심조심 가게 안을 둘러보았다. 안심했다. 아무도 내 쪽을 돌아보지 않는다. 아무래도 외친 것은 머릿속에서만 그랬나 보다. 심장이 두근두근하면서, 나는 쥐고 있던 커피 남은 걸 들이켰다.

나는 자신의 머릿속에서 나온 무시무시한 결론에 두려워 떨고 있었다.

아사무라 군이 사라지면 된다고, 나는 지금, 생각하고 있는 걸까……?

띠링!

착신음이 울려 나는 퍼뜩 정신이 들었다.

휴대전화에 뭔가 착신이 있었다. 앱을 켜서 체크하자, 마아야의 LINE 메시지가 와 있었다.

【사키, 오랜만~♪ 건강하게 지내? 가끔은 나한테 상담 한 번 정도는 해줘도 되거든~♪ 와우와우♪】

……마아야도 참.

웃고 있는 강아지 스탬프와 함께 보낸 메시지에 한순간 편안해졌다. 대체 뭘 감지한 걸까? 너무 완벽할 정도의 타이밍이다.

상담하고 싶다, 라고 강하게 생각했다. 나는 마음 편하게 대화를 할 수 있는 동성의 아는 사람이 마아야밖에 없다.

하지만 그녀 또한 나랑 같은 수험생이고, 부담을 끼치고 싶지 않다.

어쩌면 좋을까?

어떻게든 이 문제를 해결 못하면, 도무지, 츠키노미야 여자대학의 수험 같은 건 불가능하다. 누군가 상담을 받아 주고, 그러면서 내 마음이 아프지 않은 편의적인 인재가 없을까?

……있을 리 없다. 그런 편의적인 인물. 현실에는 이야기 처럼 난처할 때 나타나주는 마법사 같은 편의적인 아군 따위 존재하지 않는다.

그때 문득, 한 명의 인물이 뇌리에 떠올랐다.

어쩌면. 가방을 뒤졌다. 안쪽 바닥에 메모 용지가 접힌 형태로 남아 있었다. 적혀 있는 건 담백하게 메일 어드레스 하나. 아직, 잃어버리지 않았어.

츠키노미야 여자대학으로 떠올렸다. 예전 오픈 캠퍼스에서 쿠도 준교수가 『고민이 있으면 연락해라』라고 했던 것을.

마음먹고 메시지를 보내 봤다. 그리고 오늘은 일단 집에 돌아가려고 의자에서 엉덩이를 들었을 때 휴대전화가 울렸다.

메일 착신음.

설마하고 생각해서 봤더니, 믿을 수 없게도 쿠도 준교수였다.

"5분도 안 지났는데……."

털썩 다시 앉고서 메일을 열었다.

『요전의 방에서 기다리지.』

……어?

어? 이게 뭐야. 혹시 오라는 거야?

머리를 감싸 쥐었다. 다시 착신음.

『내킨다면, 그, 아사무라 군이란 친구가 같이 와도 상관 없어.』

"거짓말이지…….."

나는 내가 보낸 메일을 황급히 체크했다. 그러나 몇 번을 다시 읽어도 상담하고 싶은 게 있다, 라는 내용 말고는 아사무라 군의 이름이 코빼기도 적혀 있지 않았다.

어째서 아는 건데!?

나는 비어 버린 커피 컵을 트레이에 올리고, 이번에야말로 자리에서 일어섰다.

전차에서 내리고 개찰구를 통과했다.

습기를 띤 바람이 몸에 달라붙었다.

장마는 아직 이른데, 묵직한 색의 구름에서 당장이라도 은색 물방울이 떨어질 것 같다. 이대로 도착하기 전까지는 안 내리면 좋겠는데.

잿빛 하늘을 올려다본 내 눈동자는, 늘어지는 구름의 압력에 진 것처럼 내려가 있었다.

갈피를 못 잡는 내 마음에 의지가 되는 건 단단한 아스 팔트의 지면뿐이었다. 나는 시선을 내린 채 얼른 발을 움직였다.

딱 한 번 들어갔던 적이 있는 대학의 문에 도착했다.

그러나 오늘은 평범한 평일.

오픈 캠퍼스 때랑 달리, 외부 인간 웰컴 모드가 아니다. 간판도 안 세워졌고, 나처럼 고등학교 교복을 입은 애는 아무도 없다.

빨간 벽돌색의 문 입구에서 안쪽을 향해 점자 블록이 뻗어 있었다. 조금 들어가자 수위가 서 있어서, 학교 안에 들어가는 인물에게 날카로운 눈빛을 보내고 있었다.

정말로 들어가도 되나?

주머니 안의 휴대전화에 다시 착신음. 꺼내서, 벌써 몇 번째인지 모를 쿠도 준교수의 메일을 보았다. 수위가 뭐라고 질문을 하면, 이 메일을 보여주고 통과해라, 라고 적혀 있었다.

나는 무심코 좌우를 두리번거리고 말았다. 혹시 감시하고 있나? 그럴 리 없지만, 그렇게밖에 생각 못할 만큼 정확하게 내 행동을 읽고 있어서, 등골이 서늘해진다.

결심하고 들어가려다가, 발이 멈추었다.

대학생 집단 하나가 걸어와서 문을 통과해 나갔다.

부딪히지 않도록 급하게 길옆으로 비켰다.

작별인사를 하면서, 문을 나선 집단이 좌우로 갈라져 흩어진다. 안도의 한숨이 나왔다.

"거기 너, 학교에 무슨 용건 있니?"

흠칫. 심장이 입에서 튀어나오는 줄 알았다.

돌아보자, 기억에 있는…… 방금 전 집단 안에 있던 언니들의 일부, 키가 커다란 여성과 작은 동물처럼 작은 여성이 두 명, 내 앞에 서 있어서, 똑바로 바라보고 있었다.

"아, 저기……."

"그 교복. 본 적이 있는데."

약간 허스키 보이스로 키가 큰 여성이 말했다.

"스이세이잖아."

옆에 있는 작은 여성이 지적했다.

"응? 왜 갑자기 펜 얘기야?"

"아니야. 그게 아니고. 시즈, 맹한 소리는 관두고. 유성펜이랑 수성펜 이야기가 아냐. 봐, 스이세이^{스이세이} 고교란 말야. 도쿄의 저쪽에 있는, 머리 엄청 좋은 애들이 다니는 학교."

저쪽이라고 하면서 역 쪽을 가리키는데, 아쉽게도 역은 그쪽이 맞지만 스이세이 고교가 있는 방향은 정반대였다.

눈앞의 작은 여성은 말랑말랑해서 의지가 안 될 것 같은 분위기를 풍기고 있으며, 그 옆의 키가 170 정도 될 것 같은 여성과 좋은 한 쌍을 이루고 있었다.

키가 큰 여성이 옆 여성의 말을 듣고 그렇군, 하며 수긍했다.

"그래서, 우리 학교에 무슨 용건 있니? 지금은 아직 오픈 캠퍼스 시기가 아닌데."

"아, 저기, 아니에요. 저기, 그게…… 쿠도 선생님이, 저기, 불러서."

조심조심 말한 순간에, 눈앞의 두 사람 표정이 극적으로 변화했다.

"아~."

"가엾게도."

어? 어? 어?

"그런 거구나. 알았어. 안내해줄게."

"어, 아, 괜찮아요. 저기…… 장소는 아니까요."

"이럴 수가. 벌써 손을 댔다니."

"시즈, 말투가 좀!"

두 사람은 그렇게 말하며 나를 좌우에서 끼웠다. 어? 잠깐만요.

"뭐, 사양 안 해도 돼. 우리가 같이 가면 가기 편하잖아."

"그럼그럼. 사양 안 해도 괜찮아요, 괜찮아."

"쿠도 선생님의 모르모…… 손님이면 확실하게 안내를 해야지."

"그럼그럼."

저기, 지금, 모르모트라고 안 했어!?

"자, 잠깐만요. 그렇게 손을 끌지 말아주세요."

좌우에서 팔을 단단히 붙잡힌 나는 그대로 교내에 이끌

려 들어가 버렸다.

걷는 길 자체는 지난번에 갔던 그대로였다.

쿠도 준교수의 방도 전에 방문한 장소에서 변하지 않았다. 문 앞까지 데리고 와 준 두 사람은, 거기서 작별인사를 하고 돌아갔다. 오면서 얘기를 들어보니, 둘 다 준교수의 랩 소속 학생이라고 한다. 말이야 이래저래 하지만, 누가 뭐라고 하지 않고 여기까지 온 건 두 사람이 안내를 해준 덕분이다. 고맙네. 게다가 두 사람은 한 번 문 밖으로 나서서 돌아가려던 참이었다.

불안해지는 말들만 했지만.

여차하면 곧장 도망쳐야 된다. 도주 경로를 확보하기 위해 문이랑 자신 사이에 쿠도 준교수를 세워두지 말라.

쿠도 선생님은 암살자 같은 건가요?

문 앞에서 나는 심호흡을 반복했다. 여기까지 왔잖아. 이제 와서 돌아갈 수 없어.

노크를 세 번.

대답이 없다.

어라?

손잡이를 가볍게 돌려봤다.

열려 있었다.

……부재중, 인가? 조금만 문을 열고 안을 살폈다.

"저기…… 누구, 있나요?"

대답은 역시 없고, 틈으로 들여다봐도 아무도 안 보인다. 아니 잠깐. 저 소파 너머에, 책상과 의자 다리 사이에 보이는 건 누구 발 아냐? 맨발이다. 창가 가까운 바닥에 누워 있었다.

백의 자락이 보였다.

누가, 쓰러져 있어?

황급히 문을 열고 안에 들어갔다. 달려가서 책상을 돌아갔다. 얼굴을 보기 전부터 알고 있었지만, 쿠도 준교수였다.

"괜찮으세요?!"

"응……?"

그녀는 몸의 왼쪽을 아래쪽으로 두고 누워 있었다.

그러더니 눈을 번쩍 뜨더니, 일단 하품을 한 번— 하품?

"저, 저기."

"사키 군. 전차 하나를 놓쳤군?"

"어."

쿠도 준교수는 천천히 몸을 일으키더니, 주머니에 넣고 있던 오른손을 꺼냈다. 휴대전화를 쥐고 있다. 그 휴대전화를 테이블 위에 두더니, 백의 표면을 대충 두드리고 천장을 향해 하품을 했다.

"으음~."

"자고 있었나요?"

"좋은 아침이라고 해주길 바라니? 좋은 아침."

역시 자고 있었잖아.

뜻밖에 이 사람, 청개구리 같을지도 모르겠어.

"네에…… 안녕히 주무셨어요."

"응. 뭐, 일단 앉지."

시선으로 소파에 앉으라고 나에게 권했다. 그 소파는 오픈 캠퍼스로 왔을 때도 앉았었지.

"커피라도 타오지. 눈이 떠지게."

"저는 괜찮아요. 그리고 커피는 방금 마신 참이라서."

"그러면, 지난번처럼 홍차가 좋겠군. 아니, 좋은 게 있다. 옥로."

말하면서, 키가 큰 청소용구함 같은 문을 당겨서 열었다. 서류가 한가득 담겨 있는 선반이었다. 그 중 하나의 선반에만 서류가 아니라 다기와 찻잎이 있었다.

……자유롭네.

"옥로는 비싼 거 아닌가요?"

"티백이야."

"……그건 싼가요?"

"차의 팩치고는 비싼 편이지. 옥로는 마셔본 적 있니?"

"일단은 있어요. 하지만 기왕 고급차인데, 티백이라니, 어쩐지 아까운 것 같은……."

"기호품은 분위기를 포함해서 맛보는 거다, 라는 관점으로 보면 아쉬울지도 모르지만. 그러나 성분은 다를 바 없어. 간편하니까 애용하고 있지."

말하면서도 쿠도 준교수는 방 안을 바쁘게 걸어 다녔다. 전기 주전자로 물을 끓이고, 홍차용 티컵을 데워서 옥로팩으로 차를 타주었다.

맞은편 소파 사이에 있는 유리 테이블 위에 두 사람 분량을 내려놓고, 다시 선반을 뒤져서 뭔가 꺼내왔다. 스낵 과자 봉지가 보였다. 그걸 팍 뜯더니, 그대로 테이블 위에 펼쳤다. 감자칩이었다. 소금맛.

"다과야."

"……아, 네. 감사합니다."

문득 깨닫고 나는 눈앞에서 긴 다리를 꼬고 앉은 쿠도 준교수의 발을 보았다.

"어째서 맨발에 샌들……."

"더웠으니까."

당연하단 표정을 지었다.

"그러면, 더웠으니까 그런 곳에서 자고 있었나요?"

"아니, 그건 또 다른 이유야. 무심코 호기심이 생겨서."

"호기심?"

"그래. 이렇게, 커플이 잠들 때 서로 마주보고 얼굴을 마주치잖아?"

"그런가요?"

"안 그러면 키스를 못하지 않나?"

키, 키스라니. 갑자기 뭔데요.

"그렇다면 말이지. 한쪽은 왼쪽 반신을 아래로, 또 한쪽은 오른쪽을 아래로 두게 되지. 어쩌면 남녀의 수명이나 건강의 경향도 그것이 관계가 있을지도 모른다고 문득 신경이 쓰였어."

"그, 그래요……."

대체 무슨 소리인지 의문스럽다. 그 표정을 보고 짐작한 거겠지. 쿠도 준교수는 어쩔 수 없다는 식으로 해설을 시작했다.

쿠도 준교수 말로는. 잘 때 자세는 인간의 몸 상태에 적지 않은 영향이 있다고 하며, 심장이 있는 좌반신을 아래로 두면 자연스럽게 심장이 압박되어 심장에 대한 부담이 걸린다고 한다. 반대로 우반신을 아래로 두면 위장이 압박되며, 소화기능이 안 좋아지는 경우가 있다고 한다.

정말일까? 나 속은 거 아냐?

"하지만, 인간은 하룻밤에 몇 번이나 몸을 뒤척인다고 하잖아요."

"그렇지. 혼자서 커다란 침대나 이불에서 자면, 그렇게 되지. 그러나 만약 부부가 한 침대에서 잔다면 어떨까?"

"어떻게…… 부딪히겠네요."

"그렇지?"

"그야."

그렇구나. 뒤척이는 게 제한될 가능성이 있는 건가?

"알겠나? 제한된 환경에서 잘 경우와, 혼자서 데굴데굴 뒤척이는 수면은 몸에 대한 영향이 다를지도 몰라."

"무슨 말씀인지는 알았는데요."

"예를 들어 같은 이불이나 침대에서 잠드는 부부의 경우, 어느 쪽이 어느 쪽으로 누워서 자는가, 대량의 샘플을 구해서 조사해 보면, 완전히 랜덤이 아니라 경향이 있을지도 몰라."

"그건, 애당초, 침대 어느 쪽에 남성이 잘 확률이 높은 가, 같은 통계적인 데이터라도 있는 건가요?"

확률적으로 2분의 1이니까, 자유롭게 뒤척일 수 있는지 아닌지의 차이는 있을지도 모르지만, 남녀의 차이 따위 생기지는 않을 것 같은데.

"남성이 침대 왼쪽에서 자는 경우가 많은, 것 같다."

"근거는요?"

"마주보았을 경우 그러면 오른손잡이의 오른손이 자유로워진다! 이건 남성에게 중요하다고 생각하지 않니?"

그런, 걸까?

잠시 생각해보고, 나는, 아사무라 군이랑 잠들었을 때, 눈이 떴을 때도 그러고 보니 그의 품안이었지, 라는 걸 떠올렸다. 다시 말해서 서로 그때 뒤척이지 못했다는 거다.

—나는, 어느 쪽으로 자고 있었지?

—잠깐, 나 지금 무슨 생각을 하는 거야.

어, 어느 쪽이든 상관없잖아.

내 내심의 동요는 모르는 듯, 쿠도 준교수는 즐겁게 해설을 계속하고 있었다.

"있을지 없을지는 모르지만. 만약, 그런 경향이 있다면, 지금까지 남녀의 차이라고 생각했던 컨디션 불량의 원인 차이가, 사실은 부부 생활에 동반되는 편향에 따른 것이다, 라는 발견으로 이어지지 않을까?"

……보통, 그런 생각을 해요?

"논리는 이해하지만요…… 역시 근거가 부족한 것 같은데……."

"뭐, 지금 문득 생각이 난 것뿐이니까. 다음에 여러모로 논문을 뒤져볼 생각이야."

"논문, 뒤지는 거군요."

연구에 열심인 건지 한가한 건지 고민스럽다.

"백보 양보해서 무슨 생각을 하는지는 이해했지만, 바닥에서 잘 필요가 있었나요?"

"누워서 생각하다 보니 바닥이 선선해서 기분이 좋았어."

"무심코 잠들어버린 거군요."

"5분 정도 정신을 잃었지."

변명이 잡스러워.

"자네가 늦어서 그런 거야. 전차 하나를 놓친 데다가, 교문에서 여기까지 5분 이상 걸렸지."

"놓친 걸, 어떻게 아는 건가요?"

"스이세이 고교의 장소와 메일을 준 시각으로 방과 후의 자네가 있는 장소를 추측해보면, 어떤 경로를 지났는지 상상할 수 있지. 왔어야 할 시간에 안 왔으니까, 전차를 놓쳤거나, 교문에서 수위에게 붙잡혔다고 판단했지."

"그래서, 메일을 보낸 거군요."

"그래."

그리고 내가 여기에 오기까지 5분쯤 걸린 사이에 잠들어 버린 거구나.

"뭐…… 됐어요. 그래서, 메일 보낸 것 말인데요."

쿠도 준교수는, 활짝 미소를 지었다. 좋았어. 자, 사양하지 말라고 가슴을 쭉 펴고 다리를 고쳐 꼬았다.

"말해보게나. 아야세 사키의 고민을 들어보자고."

말했다.

아사무라 군과의 관계와, 그에 따른 집중력 저하와 성적의 저하에 대해서.

본래는 서로의 문제를 간격 조정하는 게 이상이라는 걸 알고 있는데, 그러지 못하고, 그저 보이지 않는 꾸물꾸물함에 의한 스트레스만 쌓여서 자신의 퍼포먼스가 떨어지고 있다…….

그것을 들은 쿠도 준교수는 나 자신의 성장환경도 들려달라고 파고들어왔다.

그다지 말하고 싶지는 않았지만, 친아버지와 어머니의 관계에 대해, 그에 따른 자신의 사고방식 등을 조용조용 말했다.

상관없다고 생각한 곳은 생략했다고 생각하지만, 그래도 그럭저럭 시간이 걸려버렸다. 내가 그다지 이런 것을 털어놓는데 익숙하지 않은 탓도 있다.

쿠도 준교수는 한차례 이야기를 듣고서, 눈을 감은 채 무릎 위에서 깍지를 끼고, 꼼짝도 하지 않는 자세로 사고를 하고 있었다.

조각상처럼 움직이질 않아서, 때때로 눈썹이 떨려서 살아 있다는 것을 확인 안 하면 석화라도 해버린 것이 아닌가 걱정이 된다.

"흐흠……."

"저, 저기."

천천히 눈을 떴다. 그대로 천장을 올려다보더니, 입 안으로 뭔가 중얼중얼거렸다.

뭘 말했는지는 알아들을 수 없었다.

"그것이 자네의 현재 고민이군, 아야세 사키."

"네."

나는 소파 위에서 자세를 바로잡았다.

쿠도 준교수는 똑바로 나를 바라보았다. 그 시선이 마치 X레이 같았다. 알몸이 되어 버린 기분.

"사키 군."

"네."

"내 장래의 꿈은 RPG에 나오는 마을의 장로가 되는 거야."

"네?"

무슨 말을 하는 거야. 무슨 말을.

"라쿠고에서 말하는 은거 노인이지. 핫쯔앙이나 쿠마나 요타로[#1]가 상담을 하러 왔을 때, 도움이 되는 말을 하거나 안 하거나 아는 체 하면서 이상한 얘기를 하기도 하는 그 거지."

"도움이 되는 말을 해주기만 하는 게 아닌가요……."

상담을 해도 괜찮았던 걸까?

"당연하지 않나? 장로나 은거 노인이란 건, 오래 살고, 조금 오래된 것을 알고 있는 것이 장점인 역할이면 되는 거야."

"그래도, 괜찮은 건가요?"

"장수를 기원하는 자식의 이름 후보를 알고 싶을 때, 고어(古語)나 역사 전문가의 문호를 두드리면 전문가에게 폐가 되지 않겠나? 옛날처럼 가까운 절의 스님이 있는 것도

#1 핫쯔앙, 쿠마나 요타로 여러 라쿠고에 등장하는 전형적인 인상의 캐릭터들. 핫쯔앙의 본명은 하치고로, 쿠마의 본명은 쿠마고로인 경우도 있다.

아닐 거고. 그럴 때 쥬게무쥬게무[#2]를 가르쳐주는 것이 장로의 역할이란 것이지. 그리고 만에 하나 전문적인 것을 알고 싶다면 전문가를 의지하는 게 옳은 방법이지. 무를 얇게 썰어 어묵처럼 만들고, 단무지를 계란 프라이처럼 만들 수 있다. 그 정도가 나이든 사람의 지혜라는 거야."

무슨 소리지?

그러니까~, 무를 얇게 썰어 어묵처럼? 아, 그럴지 몰라. 식감은 전혀 다르지만. 단무지를 계란 프라이처럼은, 그건 무리가 있지. 노란색밖에 공통점이 없잖아. 계란 프라이의 그 폭신한 느낌이 단무지에는 전혀 없다.

"그렇군. 사키 군은 국어가 서투르군."

"어, 네……."

"『나가야의 꽃놀이』[#3]라는 라쿠고가 있으니 한 번 들어보도록. 나는 그 이야기를 좋아하지. 아, 그건 아무래도 좋군. 요컨대 나는 젊은이의 상담을 듣기 좋아하지만, 알맹이가 있는 이야기를 해줄 수 있다는 보증이 없다는 거야."

"돌아가도 될까요?"

"뭐 기다려봐. 말했지. 전문적인 것을 알고 싶으면 전문가를 의지하라고. 이 경우로 말하면 자네의 고민에 대한

#2 쥬게무쥬게무 일본 라쿠고에 나오는, 장수를 기원하는 기나긴 이름. 장수를 기원하는 이름이지만, 물에 빠졌을 때 기나긴 이름을 부르는 그 사이에 익사해 버린다. 한국의 「김수한무~」 개그는 이것이 유입된 것으로 추정된다..
#3 나가야의 꽃놀이 長屋の花見. 가난뱅이들끼리 꽃놀이를 갔더니 어묵 대신 얇게 썬 무, 계란 프라이 대신 단무지가 나왔다는 이야기. 몇몇 베리에이션이 있다.

전문가는 임상심리사 쪽이군."

"임상심리사…… 정신과에 가라는 건가요?"

"그 판단도 포함해서, 나는 단언은 할 수 없어. 그러니까, 해결이 안 된다고 생각하면, 순순히 전문가를 의지할 것을 추천하지. 그것을 포함하고서 내가 짚이는 것을 말해주겠어."

쿠도 준교수는 대단히 성실한 목소리로 말했다.

"공의존, 이라는 상태가 있지."

"공……의존, 인가요?"

공의존—.

연애 이야기에서는 미학처럼 말하는 경향이 있지만, 실제로는 약물이나 도박 같은 다른 의존증과 다를 바 없는 성가신 증상이라고 한다.

"공의존이라는 상태는, 특정한 상대와의 관계성에 지나치게 의존하는 상태를 말한다."

"관계성에 지나치게 의존하는 상태, 인가요?"

그 말을 듣고서도 감이 잘 안 잡힌다. 관계성에 의존한다는 건 무슨 뜻이지?

"본래는 알코올 중독 환자와 가족의 관계에서 발견됐다는 경위가 있다고 하는군. 음주를 하는 상대를 헌신적으로 지탱하는 가족이 있다고 치지. 이 경우, 술을 마시는 걸 그만둘 수 없는 인간을 지탱한다면, 술을 그만두도록 노력하는 게 가장 좋겠지?"

"그렇, 네요."

"그런데 여기서 『술을 마시는 돈을 준비한다』라는 방식을 취해버리면 어떻게 되지?"

그 말을 듣고 머릿속에서 시뮬레이션을 해봤다.

돈이 없으면 술을 살 수 없다. 그러나 술값을 건네 버리면 술을 사버린다. 술을 그만둘 수가 없게 된다.

"그건 지탱한다고 말하기 어렵다고 생각해요. 그리고……영문을 모르겠어요. 어째서, 그렇게 계속 의존이 지속되어 버리는 태도를 취하는 건가요?"

"순서대로 따져보지. 알코올 중독자가 알코올에 의존한다는 건 이해하겠지?"

"네. 뭐."

"이해가 어려운 건, 그 다음부터야. 이 알코올 중독자가 알코올을 섭취하기 위해서, 가족에게 술값을 과하게 요구한다 치자. 예를 들어 남편이 알코올 중독자고 아내가 지원자. 아내가 알코올 중독자고 남편이 지원자— 어느 쪽이든 상관없지만, 그런 케이스가 있다고 치자."

"……네."

"지원자가 술값을 마련하기 위해 생활이 파괴될 정도로 곤궁하다고 해도, 알코올 중독자가 술을 마실 수 있도록 계속 지원해 버린다. 그런 일이 일어날 수가 있어. 왜냐하면, 계속 지원하는 한, 상대도 자신을 계속 의존해줄 테니까."

"의존해, 주니까……?"

"자신의 필요성을 실감하게 해주니까, 라고 말해도 좋겠지."

"아, 그렇게 말하면, 조금 이해가 될 것 같아요."

남이 의지해주는 것이 기분 좋다는 것은 어쩐지 이해가 된다.

나는 기본적으로 의지해주는 걸 좋아하지 않지만, 아사무라 군의 코디를 생각해주는 건 즐거웠고, 내가 아사무라 군에게 필요한 인간이라고 느낀 것은 분명했다.

"지원을 적절하게 하는 한은 문제가 없어. 동생이 의지하는 형, 후배가 의지하는 선배, 뭐든지 좋다. 그런 의지해주는 상대를 보살피는 건 일반적으로 나쁜 일이 아니지. 의지를 받는 것도 기쁘고."

"제 고민을 들어주는 선생님도 그런가요?"

"어허. 흐흠. 지식을 선보이기만 해도 존경을 받을 수 있다면 이보다 더한 쾌감은 없다고 해두지."

다소 위악적으로도 들리는 말투를 한 것은 일부러일까?

"이야기를 되돌리지. 그러나 지원이 도를 넘어설 경우는 문제다. 자신의 생활이 곤궁해질 수준인데도 불구하고, 상대가 의지해주는 쾌감을 얻기 위해 술값을 계속 바치는 것은, 이건 이미 그 관계성을 유지하는 것에 빠져버렸다고 할 수 있지."

"그런 일이 실제로 일어나는 건가요?"

"그렇다고 하지. 여러 책을 읽어보면 그렇게 적혀 있어. 방금 전에도 말했지만, 내 전문은 윤리학이야. 이건 내가 이해하는 부분을 잘 풀어서 말하고 있는 거지."

"자세한 건 전문가에게 들어라, 군요."

"그래. 의존 상태에 있는지 아닌지도 포함해서, 나는 판단을 할 수가 없으니까. 다만, 논리는 나도 대략적으로 이해하고 있을 거야. 계속 의지를 받기 위해서― 자신이 그 상태로 계속 있기 위해서, 자신의 생활이 파괴되어도 그만둘 수가 없다. 알코올에 의존하고 있는 중독자와, 본질적으로는 다를 바가 없지? 그 관계성의 유지에 의존하고 있다고도 할 수 있어."

"관계성의 유지에 의존…… 의존 대상이 다르지만, 둘다 의존하고 있으며, 게다가 그 상태를 서로 그만둘 수 없는 상태가 공의존이라는 건가요?"

"그렇게 되지. 그러는 편이, 둘 다 만족하니까. 술을 마시고 싶어서 돈을 조르면 조를수록 상대는 돈을 건네준단 말이지. 그래서 돈을 조르는 걸 그만두지 않아. 한편으로 지원자도, 돈을 건네면 건넬수록 상대는 술에서 멀어지지 못하니까 자신에 대한 의존이 늘어난다― 결과적으로 두 사람의 관계성은 지속되고, 보다 견고해진다.”

들고 있던 나는 어느샌가 자신의 몸을 자신의 팔로 끌어안고 있었다. 등골이 오싹해지는 이야기다. 마치 서로 각자가 친 거미줄에 붙잡혀 있는 것 같다. 칭칭 엉켜 있어서 빠져나갈 수 없다.

“다만, 이것은 관계성의 유지에 대한 과잉이 문제야. 부적절한 수준으로 의지하고 있다는 거지. 남편이 아내를 의지한다. 아내가 남편에게 의지한다. 그것 자체는 탓할 일이 아니야.”

나는 엄마가 과거에, 타이치 새아버지가 있으니까 몸이 안 좋을 때 지금은 쉴 수 있다고 말한 것을 떠올렸다. 두 사람은 서로를 의지하고 있지만, 그 관계가 나쁘다고 생각한 적이 없었다.

“과유불급이라고 하지. 지나침은 부족함만 못하다는 말이야. 문제는 과잉된 경우야. 술은 적절하게.”

“말씀하시는 의미는 알겠어요.”

“공의존이란 말이 세간에 알려짐에 따라서, 최근에는 연애 이야기에서도 종종 눈에 띄게 됐지. 뭐, 대개는 『엉터리 공의존』이지만.”

“엉터리……인가요?”

“띠지에 이끌려 몇 권인가 읽어 봤는데—.”

“읽은 거군요.”

연구에 열심인 건지 한가한 건지 고민스럽다. 아니 어쩌면 뜻밖에 연애물을 좋아하는 걸까?

"—읽어 봤는데, 주변의 조언으로 해결되거나, 그대로 순조롭게 파멸하는 둘 중 하나였어, 내가 읽은 건."

"마음에 안 드신 건가요?"

"재미는 있었어. 특히 한 권은, 내 취향의 히로인이 있었지. 그게 참 괜찮은 느낌으로 성격이 망가져 있었는데— 아니, 그런 얘기가 아니군. 누구 한 사람 정신과 진료를 받지도 않고, 멘탈 케어의 서포트를 받지도 않고, 조언 하나로 간단히 해결되거나 진단도 안 받고 파멸하는 걸 보면서 머리를 감싸 쥐었어."

"의존이라고 할 정도면 전문가를 찾아가라는, 거군요."

"그래. 말했지? 그런 건 마을의 장로가 나설 부분이 아냐. 조언 하나로 해결된다면 사회문제라는 건 안 생기지. 뭐, 젊은이 대상의 연애 이야기에 스파이스로 쓰인 것뿐이겠지. 아하하."

"네에……."

"엉터리인 단계라면 조언으로도 괜찮아. 그 이상 진행되면, 거기서부터는 전문가가 나설 차례다, 라는 것이 내 의견이야. 그리고 자네들의 경우 말인데—."

흠칫했다.

그랬지. 나랑 아사무라 군의 이야기를 하고 있었어.

"부모를 잘못 만나서, 애정에 굶주린 상태인 자가 연인 관계가 되었을 때, 상대의 애정을 과하게 바라게 되고 만다, 라는 건 있을 법한 이야기라고 생각하지 않나?"

쿠도 준교수의 말을 가만히 생각해봤다.

애정을 과하게 바란다⋯⋯.

과하다는 건 다시 말해서 보통 이상으로, 라는 의미다.

"어디서부터 어디까지가 보통이고, 어디서부터가 과한 건가요?"

"그런 걸 초보자가 알 리 없지 않나? 사람에 따라 다를 거고. 술의 적정량도, 사람에 따라 다르잖아."

"그건⋯⋯ 그렇지만요."

머리를 감싸 버린다.

과거에 쿠도 선생님은, 친아버지의 애정이 부족했다고 느끼고 있는 내가, 부족한 애정을 보충하려고 어쩌다가 가까이 있던 남성을 바라게 된 것이 아닐까, 라고 했었다. 부족하다고 마음 깊은 곳에서 느끼면, 그렇게 되지 않을까라고.

심각한 아사무라 유우타 결핍— 머릿속 아야세 사키 재판에서 나온 결론이 머리를 스쳤다.

그렇구나. 정말로 부족한 건지, 생각해 봐야 하는 거야.

충분한데도, 굶주림이 강렬하니까 부족하다고 느낀다. 그럴 가능성이 있다.

"아야세 사키는, 아사무라 유우타와의 스킨십을 과하게 바라고 있는 것이라 생각하나?"

"……그건 고교생으로서, 라는 건가요?"

"물론 아니지. 『고교생답다』라는 개념은 일단 잊어. 그건 통계적인 눈어림에 지나지 않아. 체격의 차이가 있으면 약의 적정량도 엄밀하게는 바뀐다. 약의 용량란에 아이라면 몇 알, 15세 이상이라면 몇 알이라고 적혀 있지? 그러나 15세를 넘어서도 체격이나 체질이 어린아이일 때와 다를 바가 없다면? 몸 안에서 화학물질의 작용에 영향을 주는 건 물리와 화학의 법칙이지 인간의 연령이 아니야."

"저의 적정량이 있다는 건가요?"

"그렇게 되지. 멘탈도 마찬가지야. 대다수 인간의 정신 발달 상황이 거의 같은 루트를 지난다고 해도, 그것은 개개인에게 적용되지 않아. 사회의 룰을 만들 때는 통계적 오차로서 다루는 수밖에 없다고 해도. 어른이 되어도 정신의 어느 부분만 미발달인 그대로라면, 그 부분에 관해서만 어린애와 마찬가지로 봐야 하지."

쿠도 준교수가 하려는 말은 이해했다. 어른의 간이라면 분해할 수 있는 알코올도, 어린아이일 때는 부담이 커다랗다는 이야기라고 생각하면.

역시 나에게 아사무라 유우타 스킨십은 과잉 섭취인 걸까?

적정량 이상으로 섭취한 결과, 나는 아사무라 유우타 중독이 되었고, 섭취할 수 없으면 기분이 흐려지고, 불안해지고, 잠들지 못하고, 집중력이 저하된다……?

아니 잠깐만—.

반대일 가능성도 있지 않아?

현상이 일어난 건 3학년이 된 뒤부터. 그리고 머릿속 재판에서도 지적을 한 것처럼, 3학년이 된 뒤로 오히려 스킨십이 줄어든 것이 원인이라면, 과잉섭취가 아니라 단순한 부족이 원인일 가능성도.

"알 수가 없게 됐어요……."

아야세 사키는 혼란에 빠졌다.

"그러니까, 정말로 난처하면 전문가를 의지하라고 한 거야. 그러나 그 전에 필요한 건 우선 현재 상황에 대한 올바른 인식이라고 생각한다. 그리고 공의존이라면 자기 혼자서만 생각해도 소용없지."

퍼뜩 깨달았다. 그렇구나, 아사무라 군도.

"아사무라 군도 공의존 상태일 가능성이 있다고요? 하, 하지만, 그는 저 정도로, 그게…… 바라는 느낌이 아니라서…… 왜냐면 그게, 절도를 아는 사람이고."

말하면서 눈앞의 여성을 올려다보았다.

쿠도 준교수는 들어 올린 컵을 쭉 기울여 우아하게 차를 입에 머금었다.

늘씬한 긴 다리를 꼬고, 백의를 망토처럼 입고, 멋진 소파에 편히 앉은 모습은, 마치 서양의 왕후귀족 같았다. 콧대가 쪽 뻗은 얼굴은 단정하며, 속눈썹이 길다. 바닥에 드러누워 있어서 여기저기 삐친 머리칼을 못 본 걸로 한다면, 나는 그 준교수가 사실은 미인에 속하는 사람이라는 걸 드디어 깨달았다.

티컵으로 옥로를 마시고 있지만.

들이킨 컵을 소서에 놓자 메마른 소리가 울렸다.

"그야말로 그게 수상해."

"네?"

"생각을 해보게나. 어째서 고교생 남자애가 자네 같은 미인이 다가오는데, 그렇게 절도 있는 태도를 유지할 수 있지?"

생각도 못한 물음을 들은 나는 당황했다. 미, 미인이라는 건 나를 말하는 걸까?

"표준적인 고교생 남자 따위, 발정기의 원숭이랑 다를 바 없어, 원숭이랑."

워, 원숭이?

"무슨 말인가요?"

"자네가 다가가니까, 그가 다가오지 않을 수 있게 되어 버린다, 라는 거야. 생각하건대, 그 아사무라 유우타 군은 스스로 잘 모르는 타인에게 적극적으로 관여하는 타입이 아니군."

아사무라 군을 떠올려봤다.

"하지만, 접객은 능숙해요."

"그건 반론이 못돼. 왜냐면 미움 받아도 손님에 지나지 않으니까."

의표를 찔렸다.

"접객을 잘 하는 인간은 두 종류 있지. 실패도 포함하여 타인과 연관되는 것 자체를 즐기는 타입. 또 하나, 관계구축에 실패해도 대미지가 없는 상대니까 시원스런 언동이 가능한 타입."

"아사무라 군이 후자라는 건가요?"

"내가 들은 바로는 그렇게 보이는군. 왜냐면 친구가 적잖아."

"윽."

그, 그건 그럴지도 몰라. 자주 대화에 나오는 마루 군 말고 친한 친구가 있는 것처럼은 안 보였다. 그리고 딱히 늘리려고 하지도 않았다. 나 자신도 그러니까, 그렇게 신경 쓴 적이 없었지만.

돌이켜보면, 그 미인인 요미우리 선배에게도 그가 먼저 적극적으로 말을 거는 장면을 본 적이 없어. 까놓고 선배가 나서서 놀리고 있다. 나한테는 좋았으니까 깊이 생각하지 않았지만.

"좋아하게 된 상대에게는 어프로치를 하고 싶다. 그건

자연스런 전개야. 그러나 스스로 어프로치를 하는 것은, 그에게 스트레스인 것이 아닐까?"

"나한테 다가오는 게 스트레스……."

"관계성을 부수고 싶지 않은 상대에게 적극적인 행동을 취하지 않는 것이 아사무라 유우타다. 그래서 자네가 다가간다는 관계를 바꾸고 싶지 않다. 설령 자네가 그걸로 아사무라 유우타 과잉 섭취가 된다고 해도, 말이지. 그가 주도권을 쥐면 그에게는 책임이 발생한다. 컨트롤해야 한다는 마음가짐이 생기는 거지. 자네에게 맡기고 있으니까 그는 휩쓸려 간다. 하지만, 그러는 편이 지금의 두 사람에게는 오히려 좋다. 이건 어엿한 공의존이 아닐까?"

으음.

그런 생각은 해본 적이 없었다. 그야말로 의표를 찔렸다고 할 수 있다.

그러나 설마 혼자 살아가는 강함을 바라던 내가, 공의존이라는 상태에 빠지다니. 애정을 바라는 것 자체는 틀린 게 아니었다고 생각하고, 아사무라 군과의 사이에서 생긴 인연은 행복한 것이라는 확신이 있다. 그렇지만 갈망이 너무 채워져도 또 함정이 있다니…… 인간관계는 어째서 이렇게 잘 풀리질 않는 걸까?

"어떡하면 될까요?"

"몇 번이고 말하지만, 정말로 난처하면 전문가를 의지하도록. 그래도 내가 한 마디 해주자면—."

쿠도 준교수는 소파에서 일어섰다.

그대로 테이블을 돌아서— 암살자처럼 솜씨 좋게 내 등 뒤에 서더니, 쿠도 준교수는 소파의 등받이에 손을 댔다. 등에 낌새가 느껴진다. 주머니에서 꺼낸 손을 내 얼굴 앞으로 가져왔다. 뭔가 들고 있어.

손거울이었다.

윤리학에는 필요 없는 백의를 입고 있기만 한 게 아니라, 주머니에 휴대전화나 손거울 같은 것까지 가지고 다니는 걸까?

역시 이 사람, 별종이야.

작은 손거울에는 내 눈가만 비치고 있었다.

"잘 보게."

거울 속의 아야세 사키가 나를 보았다.

"눈가가 아주 퀭하군."

으……

눈 아래쪽에 얇은 화장으로는 숨길 수 없는 자국이 남아 있었다.

이렇게 보자 확실히 알겠다. 이건, 그게. 밤늦게까지 매일, 수험 공부를 해서…….

"자라. 우선 푹 자라. 다른 건 전부 그 다음이야."

"으…… 네."

쿠도 암살자는 테이블을 다시 돌아서 쿠도 준교수로 돌아왔다. 비어버린 컵을 바라보고, 슬픈 표정을 지은 뒤에, 감자칩을 집었다. 과자는 아삭하면서 부서졌다.

"음. 역시 개봉 직후보다는 눅눅해졌군."

그런 아무래도 좋은 말을 하고서, 마치 감자칩의 감상을 덧붙이는 것처럼 말했다.

"그리고 깨어난 뒤 아사무라 유우타와 대화를 나누게. 서로의 관계성에 대한 적절한 거리를 알아봐. 필요하다면 부모도 함께. 그걸로도 해결이 안 될 것 같으면—."

"전문가를 의지해라, 군요."

"그런 거야. 뭐, 모든 것은 자고, 일어난 다음이야."

그리고 거기서 말을 끊었다. 마지막으로 힘내란 말 같은 걸 더하지 않는 게 이 사람다워.

나는 소파에서 일어섰다.

창밖을 보니, 벌써 어두워지고 있었다.

"비…… 내리려나."

"만약을 위해, 우산을 빌려주지."

"그건. 미안해요. 곧장 돌아가면 쏟아지진 않을 것 같고, 빌려도 간단히 돌려드릴 수가 없고."

"요미우리 군에게 맡기면 되지. 같은 곳에서, 알바를 하고 있으니까. 아니면 지금 감기에 걸려서, 더욱 사태를 악화시키고 싶은가?"

"으…… 빌릴게요."

대학을 나선 참에 엄마한테서 LINE 메시지가 왔다.

타이치 새아버지가 갑자기 회의가 생겨서, 나한테 저녁 식사 준비를 맡기고 싶다는 연락이었다.

알겠다고만 답신하고, 나는 돌아가는 길의 경로에 슈퍼를 더했다.

비는 안 내렸다.

맨션에 도착했을 때는 이미 저녁놀도 끝나가고 있었다. 방에 돌아가서, 옷을 갈아입자마자 나는 침대에 누워버렸다.

천장을 바라보며 오늘 일을 돌이켜보는 사이에 잠들었다.

눈을 뜨자, 벌써 아사무라 군이 알바에서 돌아올 시각이었다.

나는 급하게 키친으로 달려갔다.

푹 잤으니까 머릿속의 안개가 조금은 걷힌 기분이었다.

"이제 곧…… 1년이, 되잖아."

저녁식사를 하면서, 나는 그렇게 말을 꺼냈다.

아사무라 군은 금방, 나랑 엄마가 이 집에 온 뒤의 시간이라는 걸 이해해주었다.

만났을 때를 둘이서 그리워했다.

그랬더니 그가 먼저 이야기를 털어놓기 시작했다. 3학년이 된 뒤로 그도 집중력이 부족해졌다는 것, 그래서 성적이 내려가 버렸다는 것, 그걸 공유해서 대화를 하려고 하지 않은 것을 후회했다는 것.

"나도, 똑같았어."

그의 이야기를 다 듣고 나는 말했다.

간격 조정이 무서웠다는 것도 같았다.

그리고 나는 오늘, 마음먹고 방과 후에 츠키노미야 여자 대학까지 가서, 최근 자신의 컨디션 난조에 대해 쿠도 준교수에게 상담했다는 것을 고백했다.

"내가 들은 것을 아사무라 군도 들어 줘. 그리고 같이 생각해 줘."

그렇게 말하고, 쿠도 준교수와 나눈 대화를 말했다.

길고 긴 이야기가 되었지만, 아사무라 군은 참을성 있게 들어주었다.

이야기를 마치자, 둘 다 입을 다물었다.

잠시 서로에 대한 생각을 해보고…… 아사무라 군이 먼저 입을 열었다.

"귀가 따갑네……."

"어?"

"관계성을 부수고 싶지 않은 상대에게 적극적인 행동을 못하는 게 아사무라 유우타라는 부분."

"아, 미, 미안."

쿠도 준교수가 한 말을 그대로 한 거였는데, 생각해보면

실례되는 말이다.

"아니, 사과 안 해도 돼. 그 말 그대로니까."

"그런, 거야?"

"나는 상대가 나를 계속 좋아해줄 거라는 것에 자신이 없어."

아사무라 군은 고개를 숙이면서 말했다.

"그건…… 엄마 일이 있어서?"

"아마도. 어렴풋이 기억하는 건, 그 사람도 내가 엄청 어렸을 무렵에는 아버지랑 사이가 좋았다는 거야. 그런데 어느샌가 아버지의 행동 하나하나에 불평을 하게 됐지."

그랬구나…….

"하지만, 나한테는 아버지가 중간부터 태도를 바꾼 것처럼 보이지 않았어. 그랬다면, 아버지는 대체 어떻게 했어야 하는 걸까? 그렇게 생각하니까, 관계를 부수고 싶지 않은 상대에게, 어떻게 접촉하면 되는지를 알 수가 없어졌어. 그러면, 차라리 깊은 관계를 맺지 않는 게 편하지."

"그건…… 하지만, 아깝잖아. 왜냐면, 마루 군이랑 사이좋게 지내고 있으니까. 아니면 언젠가는 부서져 버릴 거라고 생각해?"

"그럴지도 몰라."

그가 쥐어짜내듯 말하자, 나는 가슴이 아파졌다.

"그런 건……."

"무서운 거라고 생각해. 미움 받는 게. 부서질 정도라면 친구도 연인도 필요 없다. 아마 그게 진심이지. 그래서 되도록 남과 거리를 두고 싶고, 적극적으로 행동하고 싶지 않아. 하지만, 그것이 아야세 양의 상태를 안 좋게 만드는 거라면…… 어떻게 하면 될까?"

"진정해. 아사무라 군."

나는 테이블 위에 손을 뻗어, 그의 손 위에 내 손을 겹쳤다. 그리고 톡톡 가볍게 그의 손등을 두드렸다.

"오히려, 사과해야 하는 건 나야."

"아야세 양이?"

"나도 당신과 마찬가지일 거라 생각해. 행동이 반대일 뿐이지. 상대랑 인연에 확신을 가질 수 없으니까, 나는 아사무라 군한테 달라붙고 싶어 해."

"그렇구나."

"나는 너무 밀어붙여. 아사무라 군이 너무 물러나. 하지만, 이건 현재 상황이 반대인 것뿐이지, 상대와 간격 조정을 게을리 하고 있는 거 아닐까?"

"적절한 거리감, 이라……. 어쩐지 싱가포르에 갔을 무렵이랑 그다지 바뀌지 않은 것 같아."

나는 고개를 옆으로 저었다.

그렇지 않아. 않다고 생각하고 싶다.

"지금 생각하면 2학년 무렵에, 우리들 관계는 나름대로 안정됐었다고 생각해. 그리고 그 뒤에 서로 고백한 것도 나는 후회하지 않아."

"그건 나도 그래."

기쁜 말을 해주었다. 나는 마음이 훌쩍 가벼워졌다.

"그러니까 우리는, 2월 끝 무렵의 싱가포르 여행 때 정했었지. 자연스럽게 있자고."

아사무라 군이 수긍했다.

"하지만, 3학년이 되고서 우리는 같은 반이 되어 버렸어. 기뻤지만 말야. 나는 시업식 날에, 학교에서는 같은 반의 범위에서 지내자고 말해버렸어."

그렇다. 그것이 모든 것의 시작이었던 것 같아.

"말을 꺼낸 건 나야."

나는 조용히 고개를 좌우로 저었다.

"아니야. 깊이 생각지도 않고 OK를 해버린 건 나도 마찬가지야. 있지, 단순히 같은 반이 아닐 우리가 그냥 같은 반으로 행동하는 건, 자연스러운 일일까?"

"그렇……구나. 응. 부자연스러울지도 모르겠다."

그러나 그러면, 어떡하면 되지? 그러면 이게 어렵다.

이렇게 천천히 돌이켜보면 알 수 있다.

애당초, 나도 아사무라 군도 「같은 반 아이들과 자연스럽게 교제하는 것이 어떤 것인가」를, 간격 조정을 하지 않았다.

그 결과로, 우리는 학교에서 참 기묘한 행동을 하게 되었다.

눈도 마주치지 않고.

대화도 하지 않고.

아니 그건 이미 서로 싫어하는 학생들의 행동 아닐까?

너무 부자연스럽다.

"우리들, 지난 2개월 동안 서로에게 인사조차 하지 않았었지."

"말하지 말자. 그 부자연스러움을 나도 드디어 깨달은 참이야."

"그리고 집에서는 엄마나 타이치 새아버지가 있는 걸 알고 있으면서도, 키스를 하거나 허그를 하거나 끌어안은 채 잠들거나…… 이건 자연스러워?"

아사무라 군은 결국 테이블에 고개를 숙여버렸다. 마음은 이해한다. 나도, 지금 당장 마찬가지로 베개에 고개를 묻고 버둥거리고 싶은 기분이야.

그러다 갑자기 아사무라 군이 고개를 들었다.

나는 무심코 몸을 움츠렸다.

그러나 아사무라 군은 딱히 나를 놀래려고 한 게 아니었다.

"안 되겠네……."

조용히 말했다.

"우리들, 상당히 이상하게 행동한 거 아냐?"

"그랬을 거야. 깨닫지 못했지만."

"그렇지. 깨닫지 못했지만. 하지만 그러면 어떻게 우리들 관계를 수정해가야 하는 걸까?"

"나한테 한 가지 아이디어가 있어."

지난 반년을 돌아보며 말하다 보니, 나는 한 가지 떠오른 게 있다.

"『오빠』라고, 내가 불렀을 때 기억해?"

그렇게 말하자, 아사무라 군이 조금 눈을 깔았다. 그 표정을 보고 나도 심장에 작은 가시가 박힌 것처럼 통증이 흘렀다.

"아아. 그러니까, 작년…… 여름이었지."

괴로운 기색으로 말했다.

"그래…… 워터파크에 다녀온 다음이니까 여름."

나는, 그에 대한 연심을 봉하기 위해, 그를 오빠라고 강하게 의식하고 싶어서 굳이 그렇게 불렀다.

그 결과는—.

"그건 결국 역효과였어. 오히려 당신을 더 의식하게 됐으니까."

"그렇구나. 아야세 양한테는 내가 스마트폰이었구나."

"어?"

무슨 말을 하는 건지 몰랐는데, 아사무라 군이 스마트폰을 사용한 어떤 실험에 대해 가르쳐 주었다.

스마트폰이 손에 닿는 범위에 있으면 있을수록 의식이 그쪽으로 이끌려 버린다는 실험이라고 한다. 보이는 것을 의식하지 않으려고 하기 위해 인간의 뇌는 커다란 파워를 사용해 버린다고.

눈앞에 있는 좋아하는 상대를 일부러 연인 대상에서 제외하려고 한 행동이 오히려 의식하게 되는 것으로 이어져 버렸다. 그런 거구나.

"그런 거라고 생각해."

"하지만, 그러면 호칭은 그만큼 인간의 의식을 좌우하는 거라는 거지."

그렇게 말하자, 아사무라 군이 곧장 수긍했다.

"적절한 거리가 필요하면, 적절한 호칭을 고를 필요가 있다는 거구나."

"응. 『오빠』라고 하면, 내 머리는 『결코 좋아해선 안 되는 사람』이라고 번역하는 것 같아. 하지만, 그때 나는 이미 당신을 좋아하게 됐었어. 그러니까 괴로웠어."

"좋은 호칭이 아니었다는 거네."

나는 수긍했다.

"지금 문제가 되는 건, 커다랗게 둘이라고 생각해. 학교에 있을 때 서로 부자연스러울 정도까지 거리가 멀어. 그리고 집에 있을 때는 부자연스러울 정도로 거리가 가까워."

"둘 다 성가시네."

"우리가 공의존 관계에 있는지 아닌지 판단하는 건, 우선 적절한 거리감을 취한 다음이라도 늦지 않을 거라고 생각해."

아사무라 군이 수긍했다.

"저기, 연인 사이에는 서로 어떻게 부를까?"

"그건…… 그 사람들에 따라 다르지 않을까? 뭐, 이름을 부르는 일이 많다고 생각해."

이런 식으로, 금방 논리를 대려고 하는 부분이 그답다고 생각했다. 다만 그렇게 논리를 논하기 시작하자, 아사무라 군에게서 그때까지처럼 어쩐지 망설이는 기색이 사라졌다.

왜냐하면, 아사무라 군은 자신 나름대로의 이유를 말하기 시작했다.

"이름을 부르는 건, 상대를 독립된 자아가 있는 개체로 인식하고 있습니다, 라는 표명이 되기 때문이라고 생각해. 성은 소속되어 있는 혈연 집단을 가리키는 말이지만, 이름은 개체의 식별명이니까. 연애는 집에 대해 발생하는 게 아니라 개인에게 하는 거잖아."

"그렇, 구나."

적어도 현대 일본에서는 그렇다. 집안에 시집가는 게 아냐. 물론, 이건 이상적으로는 그래야 한다는 이야기다.

그리고 나도 아사무라 군의 의견에 동의할 수 있다. 겨울에 아사무라 군의 시골집에 갔을 때 느꼈다. 아아, 여기 있는 사람들은 모두 「아사무라」구나라고. 그래서 「아사무라 군」이라고 부르면, 일제히 돌아보겠지.

아사무라는 잔뜩 있다.

하지만, 내가 적절한 거리감으로 사귀고 싶은 건 아사무라 유우타였다.

"그러면, 연인답게 자연스러운 건, 『아사무라 군』이 아니라 『유……』 그러니까, 『유우타 군』이 될 거야."

"나라면, 『사키』일까."

지금까지 몇 번인가 부른 적이 있는데, 사키, 라는 이름이 그의 입에서 나오자마자 내 마음이 둥실 가볍고 따스해진다. 그가 이름을 부르기만 해도 이렇게나―.

방금 전까지의 기분이 어디 갔는지 내 볼이 마구 느슨해졌다고 생각했다.

크흠. 헛기침을 한 번 하고 말했다.

"학교에서는 거리를 조금 좁혀야 하니까, 그걸 노리면 되지 않을까? 어때?"

"그렇네. 딱히…… 학교에서도 여자애를 이름으로 부르는 녀석은 있으니까."

"어, 그런 사람 있어!?"

"있……긴 한데. 그렇구나, 눈치 못 챘구나."

아사무라 군의 말을 듣고, 나는 자신이 얼마나 남의 언동에 신경을 안 쓰는지 새삼 깨달아버렸다. 나는, 자기자신마저 제어할 수 있으면 주변이 아무래도 좋다고 생각해 버리는 경향이 있어.

"그랬었구나⋯⋯. 그러면, 이름으로 부를 찬스를 만들어야지. 갑자기 내일부터 호칭을 바꾸면, 아무래도 그건 그거대로 부자연스러워."

"그에 대해서는 나한테 생각이 있어."

이번엔 아사무라 군이 말했다.

"그건⋯⋯."

"이번 일을 돌이켜보고, 반성했다. 나는 할 수도 없는 일인데, 전부 나 혼자서 해결하려고 해버려. 더 다른 사람을 의지해야지. 아야세 양이 대학의 선생님을 의지한 것처럼."

아사무라 군이 그렇게 말하고 자조적인 웃음을 흘렸다.

"그건 나도 똑같을 거야. 가방 안에 메모가 남아 있지 않았으면 일부러 조사해서까지 같은 일을 했을지 자신이 없어."

"나였다면, 애당초 메모를 찾으려고도 안 했을지 몰라. 하지만, 그러면 안 된다고 생각하거든. 이럴 때, 의지할 수 있는 녀석이 짚여. 그 녀석한테 물어보려고. 자연스럽게 여자애를 이름으로 부르는 방법에 대해서."

"알았어. 그러면, 그쪽은 부탁해. 그리고 남은 건 집에서의 행동인데⋯⋯. 거리감을 조금 멀리해야 해. 안 그러면, 나는 이 집 안에서도 더더욱 아사무라 군과 스킨십을 바라게 될 거라고 생각하니까. 그러니까ㅡ."

나는 한 번 숨을 들이쉬었다.

"오빠— 라고, 한 번 더 당신을 그렇게 부르고 싶어."

"그건…… 어째서?"

"『오빠』나 『여동생』은, 입장에 대한 호칭이잖아? 그건 자신의 포지션을 객관화하는데 도움이 될 것 같아. 하지만."

여기서부터 본론이다.

"그것뿐이라면, 우리들의 1년을 부정하는 게 아닐까 나는 생각해. 그렇게 생각해버리는 것 자체가 다른 스트레스가 될 것 같아."

"나도 마찬가지일까. 그 무렵의 내 기분을 떠올리면, 그건 그거대로 스트레스가 될 것 같아. 하지만, 그러면 어떡할 거야?"

"그러니까, 이름을 부르는 것보다는 멀고, 오빠라고 부르는 것보다는 가까운 호칭을 생각했어."

부디 아사무라 군이 이 제안을 받아들여주기를.

"『유우타 오빠』는, 어떨까?"

내 제안에 아사무라 군은 잠시 생각한 끝에 천천히 고개를 끄덕였다.

"알았어. 하지만, 그러면 나는 어떡하면 좋지? 쿠도 선생님 말로는, 내 문제점은, 관계성을 부수고 싶지 않은 상대에게 적극적인 행동을 못하는 거, 란 말이지. 다시 말해서 더욱 주체적으로 너와 사귀어가야 한다는 거니까……아니, 하고 싶지 않다고 하는 건 아니야."

"알고 있어. 하지만 내가 멀어지면, 아사무라 군— 유우타 오빠는 분명 적절한 거리감을 스스로 판단해서 다가와 줄 거라고 생각해. 그러니까, 괜찮아."

"자신 없는데."

"연습을 해야지. 안 그래? 유우타 오빠."

하아, 아사무라 군은 한숨을 쉬고 고개를 들었다. 어떡한다. 어깨를 으쓱거렸다.

"알았어. 아야— 사키."

"—으."

"어?"

"아, 아무것도 아냐."

사키 양이라고 할 줄 알았는데, 갑자기 그냥 사키라고 불러버리니까 조금 놀란 것뿐이야.

그 말은 못하고, 나는 애매하게 웃어서 얼버무렸다.

심장이 두근거린다.

그리고 우리는, 저녁 식사를 재개했다.

서로 장래에 되고 싶은 모습에 대해 이야기를 했다.

취직 같은 건 아직 흐릿한 이미지밖에 못하지만, 일단 대학을 향해 노력하자는 결론이 나왔다.

그걸 위해서도, 지나치게 편안해져 버린 과잉스킨십에서, 차분한, 본래의 자신들이 이상으로 삼는 관계를 목표로 힘내야지.

마음도 가벼워지고, 꾸물꾸물함이 걷힌 것 같았다.

나는 내일부터, 학교에서는 연인이, 집에서는 여동생이 된다.

새로운 의매생활이 시작된다.

잘 부탁해, 유우타 오빠.

●6월 7일 (월요일) 아사무라 유우타

6월 7일이라는 날은 우리 집— 아사무라 가족과 구 아야세 가족에게는 국민적인 축일보다도 훨씬 중요한, 특별한 날이다. 물론 이 날을 특별하게 휴일로 설정해주는 편의적인 달력 따위는 없지만, 일상의 루틴을 바꿔서까지, 부모님이 나란히 얼굴 마주칠 시간을 만들 정도로는 우리 집에서 중요한 날이었다.

동거를 시작한지 1년의 기념일.

나랑 아버지가 사는 집에 아키코 씨랑, 의붓 여동생이 된 아야세 양이 이사를 온 것이 마침 1년 전의 오늘이다.

물론 기념일이라고 해서 뭔가 변하는 것도 아니다. 가족 넷이 다 모였다는 점을 제외하면, 평소랑 같은 아침이었다. 눈을 뜨고 식탁에서 처음 본 아야세 양의 얼굴은, 세안도 내추럴 메이크도 마쳐서 등교 준비가 만전이었고, 아키코 씨가 만든 아침 식사도 지난주의 월요일과 마찬가지로 맛있어 보이는 일식이었다.

구운 생선의 향이 풍기는 식탁에 앉았다.

옆에는 아야세 양. 정면에 아버지, 아버지 옆에 아키코 씨.

일가 네 명의 정위치. 그렇다, 가족으로서 자연스럽고 극히 당연한 장소에 존재하고 있을 뿐이다.

편안하면 했지, 긴장을 하거나 마음이 흐트러질 위치가 아니다.

최근 나는 아야세 양의 존재를 너무 의식하고 있었다.

자신이라는 존재가, 그녀라는 존재의 영향을 받아 자동적으로 변화해버리는 애매한 기체 같은 것처럼 느껴져서. 어쩐지 들뜬 감각 속에서, 땅에 발을 디디려고 해도 허공을 허우적거리며 둥실둥실하는 무중력감에 시달리고 있었다.

그러나 이제 괜찮다.

옆에 아야세 양의 존재를 느껴도, 냉정할 수 있다. 사고도 시야도 깨끗하며, 눈앞의 구운 생선마저도 푸릇푸릇하게 보인다.

"간장, 집어줄 수 있을까? —사키."

"응. 여기 있어. —유우타 오빠."

아직 약간 타임 랙. 그래도 지난주와 비교하면 훨씬 매끄럽게 서로를 부를 수 있다.

전부터 부모님 앞에서는 「오빠」라고 불렀던 아야세 양은 그렇다 치고, 내가 「사키」라고 하는 건 처음에는 상당히 어색했다고 하는데, 며칠 계속 하니까 드디어 좀 익숙해진 모양이다.

아버지가 웃음을 터뜨리는 일도 없게 됐고, 아키코 씨가 우후후 웃는 것도, 흐뭇하게 생각하는 게 명백했다.

"둘 다 작년보다 분위기가 부드러워졌네. 사이좋게 지내서 다행이야."

"1년이나 지나면 뭐."

안도하는 아키코 씨에게, 아무것도 아닌 것처럼 아야세 양이 자연스레 말했다.

그저 시간이 해결해준 것뿐이라고 말하기는 참 어렵고, 느릿한 변화를 거쳐 현재에 이른 것이지만. 나중에 돌이켜 보면, 1년이나 지나면, 이라는 한 마디로 집약되는 것이다. 적어도 우리가 극히 최근까지 적절한 거리감을 모색하느라 발버둥친 것을 모르는 부모님에게는, 그렇게 정리된 한 마디로 충분했다.

"하지만, 지금 환경에서 부족한 게 있으면 사양하지 말고 말을 해라. 우리들이 할 수 있는 건, 좋은 환경을 준비하는 것뿐이니까."

"······정기 시험 말야?"

"아아, 뭐, 그건······. 둘 다 이번에는 좀 안 좋았던 것 같으니까."

아버지가 좀 어색하게 말한다.

화제를 꺼내기만 해도 수험생에게 프레셔가 되는 게 아닐까, 신경을 써주는 거겠지.

"걱정 안 해도 돼. 원인은 알고 있으니까."

"그러니?"

"응. 수험에 대한 의식이나 신학기의 새로운 환경이라든가, 조금 학교의 정기 시험에 완전히 집중하지를 못했어. 물론 그걸 변명 삼아 현재 상황을 그냥 둘 생각은 없어. 원인을 알고 있으니까, 다음엔 수정할 수 있고."

거짓말은 안 했다.

보다 정확하게 말하면 아야세 양과의 관계 속에서 공의존에 빠지기 직전이었기에 집중력 저하가 일어난 거지만, 그건 아직 말 못하고 말할 필요도 없다.

"사키하고도, 얘기를 했어."

"응……. 걱정하지 마요, 두 분 다."

"그러니. 둘이 괜찮다고 한다면야, 신용해야지."

"우후후, 거봐요. 말했잖아요?"

시무룩하게 물러나는 아버지의 어깨를 만지면서 아키코 씨가 자신만만하게 웃었다.

어떻게 된 거지?

나랑 아야세 양이 서로 얼굴을 마주보며 신기해하자, 아키코 씨가 고자질하는 초등학생처럼 장난스럽게 말했다.

"타이치 씨가 말이지. 자기가 자각 없이 이상한 일을 해서 스트레스를 준 게 아닌가 계~속 걱정했거든."

"아, 아키코 씨. 그거 말하는 거야?"

"괜찮아요. 숨길만한 것도 아니고. 『이 다음에 할 이야기』에도 관계가 있으니까요."

"뭐…… 그렇네. 응. 분명히 그래."

이 다음에 할 이야기?

"두 사람 성적이 떨어진 게 혹시 우리들 부부 탓이라면, 이라고 걱정했거든. 일로 집을 비우는 날이 많거나, 최근에는 당번의 분담을 좀 넉넉하게 담당하려고 했다지만 가사나 취사에 시간을 너무 쓰게 해버린 것도 사실이고. 어쩌면 평범한 가정은 더욱 공부에 집중할 수 있는 환경을 갖추고 있는 게 아닐까, 라거나."

"그렇지는—."

"않아요. 아니죠. 절대로."

남매가 둘이서, 부정의 말을 거듭했다.

"지금도 충분히 잘 해주고 있으니까, 더 이상을 바라면 벌 받아요."

"후후. 그렇죠? 타이치 씨. 두 사람은 똑 부러지는걸요. 괜찮아요."

"하하. 그렇군. 그렇지. 이야, 반대로 둘을 신용하지 못한 것 같아서 미안하구나."

아야세 양이 부정하고 아키코 씨가 달래자, 아버지는 창피한 기색으로 뒤통수를 긁적였다.

웃고 있지만, 아버지에게는 절실한 문제였을 거라고, 나는 어쩐지 짐작이 갔다.

스스로는 잘 하고 있다고 생각했는데 문득 깨달았을 때 부서져버린 인연. 그저 가족을 지키기 위해 눈앞의 일에 전력으로 매달렸을 뿐인데, 마치 자신이 모두 잘못한 것처럼 질책을 받고 관계가 부서져 버린 기억.

재혼을 계기로 상당히 흐려진 그것은, 그러나 아버지의 마음 깊은 곳에서 사라지지 않는 응어리가 되어 침전해 있을 거야.

그래서 가족의— 나나 아야세 양의 미약한 난조나 위화감까지도, 민감하게 느끼고 신경을 쓰게 되는 것이다.

오히려 이렇게 조금씩 간격 조정을 하기만 해도 금방 안도하는 표정을 짓는다는 사실이, 지금의 아버지가 트라우마를 극복하여 행복 속에 있다는 증거일 거라고 생각했다.

……어라? 그러고 보니, 본론이 이거였나?

아키코 씨가 아까, 「이 다음에 할 이야기에도 관계가 있다」라고 했지.

"저기, 걱정하는 건 알겠지만…… 이야기는?"

"아아, 그렇지. 그거 말인데."

내가 물어보자, 아버지가 조금 앞으로 나섰다.

"다음 주 주말에, 여행을 갈까 하거든."

"어. 넷이서?"

"아니. 그~게, 미안하다. 넷이서 여행도 가고 싶지만, 이번에는……."

"엄마랑 둘이서. 결혼기념일이니까요."

말하기 어려운 기색인 아버지의 모습에 키득 쓴웃음을

짓고, 아야세 양이 도움을 보냈다.

아아, 그렇군.

이 가족이 완성된 지 1년이 지났다는 것은, 동시에 아사무라 타이치와 아야세 아키코의 결혼생활도 마침 1년째를 맞이한다는 것이기도 하다.

"조금 늦은 기념일 축하지만. 이런 날을 소중히 하고 싶어서. 하지만, 유우타랑 사키가 공부로 고민하고 있는 타이밍에 이런 이야기를 하면 무신경한 게 아닐까, 타이치 씨가, 엄청 신경을 썼거든."

"아아, 그래서 관계가 있다고……. 뭐야. 아버지. 그런 배려 할 줄 알았구나."

"유우타. 혹시 아버지를 바보로 보는 거냐?"

"오히려 신경이 굵직한 걸 존경하고 있었어."

"우와, 말이 심하구나. 들었어? 아키코 씨. 유우타는 늘 이렇다니까!"

"우후후."

거리가 가깝기에 할 수 있는 아들의 놀림과, 굳이 거창하게 불만을 호소하는 아버지. 그 광경에 어머니가 후훗 웃음을 터뜨리고, 여동생이 쓴웃음을 짓는다.

좋다니까. 이 가족의 광경.

극히 자연스럽게, 그런 감상이 떠올랐다.

그건 분명 아야세 양도 마찬가지일 거야. 문득 옆을 봤을 때 눈이 마주친 그녀는 온화하게 미소를 짓고 있었다. 그리고 부모님의 말에 대한 대답도 마찬가지라고 확신했다. 누가 먼저랄 것도 없이 좋아, 하고 둘이서 여행을 즐기고 와요, 라고 말했다.

생각해 보면 지난 1년간, 우리들— 아이들을 계속 신경 써온 1년이었다. 부부만의 시간을 느긋하게 지낼 찬스가 적었던 것 같아.

맞벌이고, 평소 생활 시간이 안 맞는 부부이기에, 매년 기념일 정도는 오붓하게 즐겨주면 좋겠다.

그것이 바로, 나랑 아야세 양의 부모님에 대한 거짓 없는 마음이었다.

"고마워. 그러면, 사양하지 말고 푹 쉬고 올게."

아키코 씨가 말하고 미소를 지었다.

행복해 보이는 부부의 얼굴을 보고, 나도, 그리고 분명 아야세 양도, 자신들이 옳은 말을 했다고 확신할 수 있었다. —아키코 씨의, 다음 말을 들을 때까지는.

"주말은 둘만 남게 되지만, 문단속은 조심해야 된다. 돈도 좀 두고 갈 테니까, 마음껏 써도 돼. 요리를 만드는 시간이 안 나면 외식을 해도 되고, 자취를 해도 되고. 용돈으로 써도 되니까."

어, 하는 소리는 나랑 아야세 양, 어느 쪽 입에서 나온 건지 나도 알 수 없었다.

아마, 양쪽 입에서 동시에 나오지 않았을까?

부모님이 없는 주말.

지금까지도 부모님의 기척이 없는 밤은 몇 번이나 있었지만, 절대 안 돌아오는 날은 거의 없었다.

꿀꺽. 목이 울린다.

학교에서는 더 가깝게, 집에서는 좀 더 거리를 두자.

적절한 거리를 찾는 것으로 새로운 의매생활, 연인 같은 남매 생활의 첫걸음을 디딘 우리들에게, 어쩌면 그것은 최초의 시련이 될지도 모른다.

■ 작가 후기

　소설판 「의매생활」 제8권을 구입해주셔서 정말 감사합니다. YouTube판의 원작 & 소설판 작가인 미카와 고스트입니다. 성장 환경 탓에 어딘가 채워지지 않는 애정의 굶주림을 자각 없이 느껴온 두 사람이, 의붓 남매가 되어 마음을 나누는 가운데 사랑을 하면서 서로 성장해가는 이야기. 드디어 만난 지 1년이 경과했습니다. 두 사람 주변의 경치는 작년과 어딘가 비슷하지만, 확실하게 바뀌어 있어서…… 그런 내용입니다.

　이 작품은 이른바 연애 이야기와 달리, 연애생활소설이라고 주장하고 있습니다만, 그 의미는 유우타와 사키, 두 사람의 인생에 깊이 포커스를 맞춘다, 라는 것입니다. 인생은 1년의 시간이 흐르면 경치가 휘리릭 바뀌거나, 인간관계도 희미하게나마 확실하게 변화하는 법입니다. 당연하지만 유우타와 사키를 둘러싼 환경도 조금씩 변화하고, 작년하고는 다른 이야기가 그들을 기다리게 됩니다.

　이 권수까지 와서 학년이 올라가다 보니 작품의 완결을 걱정하는 목소리도 조금씩 들립니다. 분명히 「고교생의 연애 이야기」로서는 착실하게 스텝을 밟아, 끝이 보여도 이상하지 않은 시점까지 왔습니다. 그렇지만 본 작품은 연애 생활소설. 두 사람의 인생을 그려가야 하는 것이며, 그들이 인생에서 뭔가 부족함을 메우거나, 더 이상의 성장도 찾아오지 않을 단계까지 가지 않으면 완결은 있을 수가 없습니다. 그러기 위해서는 아직 수많은 인생의 스텝이 필요합니다.

길고 긴 이야기가 될 거라 생각합니다만, 독자 여러분께서 부디, 유우타와 사키의 인생을 마지막까지 봐주시면 좋겠습니다.

그러면, 감사 인사입니다. 일러스트의 Hiten 씨를 비롯하여, 성우인 나카시마 유키 씨, 아마사키 코우헤이 씨, 스즈키 아유 씨, 하마노 다이키 씨, 스즈키 미노리 씨, 동영상판의 디렉터인 오치아이 유우스케 씨를 비롯한 YouTube판의 스탭 여러분, 담당 편집자 O 씨, 만화가 카나데 유미카 씨, 모든 관계자 여러분, 그리고 독자 여러분. 언제나 정말 감사합니다.

이상, 미카와 고스트였습니다.

　안녕하세요? 불초 역자 또 뵙습니다. 우선 한 가지 보고할 것이 있습니다.

　또 겹쳤습니다. 으하하하하하.

　진짜 이 소설 이상하다니까요? 실제 작업하는 시기랑 작중의 시기가 심하게 자주 겹쳐요. 심지어 이번엔 정확하게 작중에 나온 날짜에 작업하고 있었습니다. 뭔데! 작가가 미래 예지를 해서 내 작업 일정에 맞추고 있는 건가! 정말 어째서 이런 현상이 생기는지는 알 수 없지만, 역자는 후기에 쓸 내용이 좀 늘어나서 만족합니다.

　그런데 이번 후기엔 또 쓸 만한 내용이 있어요. 프레임 이론이라는 건데요. 원래는 언어학자인 조지 레이코프가 정립한 개념이죠. 「코끼리를 생각하지 마」라는 저서를 통해서 소개가 됐는데, 사람은 코끼리를 생각하지 마세요라는 말을 듣는 순간 코끼리라는 프레임이 생겨서 코끼리를 떠올리지 않을 수가 없게 된다는 겁니다.

　인터넷상에서는 「인간의 뇌가 할 수 없는 일」이라는 글로 가끔 떠돌고 있습니다. 인간의 뇌가 부정의 개념을 이해 못한다고 하면서 바로 이 코끼리를 생각하지 마, 라는 걸 예시로 들죠. 참고로 그 글에 나오는 사람은 조지 레이코프가 아니라 사이먼 시넥(혹은 사이넥)이란 사람입니다. 「부정의 개념을 이해 못 한다」라는 건 말이 좀 이상하긴 하지만, 이 프레임 이론의 예시를 통해서 대중들이 좀 더 쉽게 이해하고, 또한 긍정적 사고로 활용할 수 있도록 잘 이야기하고 있어요. 아이들에게 「소파에서 먹지 말아라」라고 말하지 말고 「식탁에서 먹어라」라고 말해야 한다거나, 파일럿이나 스키 선수들이 스키를 탈 때 장애물에 집중하는 게 아니라 길에 집중해야 장애물을 피할 수 있다고 말하죠.

그는 또 「난 이걸 못해」라기보다 「난 할 수 있어」라고 긍정형으로 생각하라고도 말하고 있습니다. 그러니까 중요한 일에 집중해야 할 때 「지금은 스마트폰을 보면 안 돼」라고 생각하기보다는 「이 일을 끝내면 스마트폰을 만질 수 있어. 나중에 할 수 있어」라고 생각해야 한다는 겁니다.

그래요. 예를 들어 「나라사카」를 치다가 오타가 나서 「아라사카」라고 해버렸을 때도 굳이 실버핸드를 애써 떨쳐내려 하지 않고 나중에! 일 끝나면 할 수 있어! 이렇게 생각을 하면 되는 거죠. 그러면 되는 겁니다. 그림자의 땅에 갈 날도 점점 다가오고 있으니까 그 전에 도그 타운에 다녀오고 싶네요.

그럼 다음에 또 만나요!

의매생활 8

초판 1쇄 발행 2024년 11월 10일

지은이_ Ghost Mikawa
일러스트_ Hiten
옮긴이_ 박경용

발행인_ 최원영
본부장_ 장혜경
편집장_ 김승신
편집진행_ 권세라 · 최혁수 · 김경민 · 최정민
편집디자인_ 양우연
국제업무_ 박진해 · 조은지 · 남궁명일
관리 · 영업_ 김민원 · 조은걸

펴낸곳_ (주)디앤씨미디어
등록_ 2002년 4월 25일 제20-260호
주소_ 서울특별시 구로구 디지털로32길 30 코오롱디지털타워빌란트 1301-1308호
전화_ 02-333-2513(대표)
팩시밀리_ 02-333-2514
이메일_ lnovellove@naver.com
ㄴ노벨 공식 카페_ http://cafe.naver.com/lnovel11

GIMAISEIKATSU Vol.8
ⓒGhost Mikawa 2023
First published in Japan in 2023 by KADOKAWA CORPORATION, Tokyo.
Korean translation rights arranged with KADOKAWA CORPORATION, Tokyo.

ISBN 979-11-278-7923-5 04830
ISBN 979-11-278-6510-8 (세트)

값 8,500원